國家出版基金資助項目
國家社會科學基金重大招標項目（16ZDA174）

國家出版基金項目

詹福瑞 陳紅彦 主編

篋中集
中興間氣集
御覽詩

# 歷代唐詩珍稀選本彙編

（唐宋金元卷）

⑫

鳳凰出版社

**圖書在版編目（CIP）數據**

篋中集；中興間氣集；御覽詩 / 詹福瑞，陳紅彦主編. -- 南京：鳳凰出版社，2025. 3. --（歷代唐詩珍稀選本彙編）. -- ISBN 978-7-5506-4398-7

I. I222.742

中國國家版本館CIP數據核字第2025XS1372號

**書　　名**　篋中集　中興間氣集　御覽詩
**主　　編**　詹福瑞　陳紅彦
**責任編輯**　李相東　姜　嵩
**裝幀設計**　姜　嵩
**責任監製**　程明嬌
**出版發行**　鳳凰出版社（原江蘇古籍出版社）
　　　　　　發行部電話025-83223462
**出版社地址**　江蘇省南京市中央路165號，郵編：210009
**照　　排**　南京新華豐製版有限公司
**印　　刷**　金壇古籍印刷廠有限公司
　　　　　　江蘇省金壇市晨風路186號，郵編：213200
**開　　本**　718 毫米×1005 毫米　1/16
**印　　張**　26
**版　　次**　2025年3月第1版
**印　　次**　2025年3月第1次印刷
**標準書號**　ISBN 978-7-5506-4398-7
**定　　價**　360.00圓

# 目次

# 篋中集

# 《篋中集》提要

《篋中集》一卷，唐元結編。元結（七一九—七七〇）字次山，自號元子、浪士、漫郎、漫叟等，汝州魯山（今河南魯山）人。天寶十三載（七五四）進士。據書前元結自序，此集編於乾元三年（七六〇），於兵亂流離之際，『盡篋中所有，總編次之，命曰《篋中集》，且欲傳之親故，冀其不忘於今』。集中凡收詩人七人，詩作二十四首。元結提倡詩歌質樸自然，反對『拘限聲病，喜尚形似』，故《篋中集》所選皆爲五言古詩。陳振孫《直齋書録解題》稱：『唐中世詩高古如此，今人乃專尚季末，亦異矣。』《館閣書目》以爲結自作，入別集類，何其不審也。』《四庫全書總目》亦稱：『其詩皆淳古淡泊，絶去雕飾，非惟與當時作者門徑迥殊，即七人所作見於他集者，亦不及此集之精善，蓋汰取精華，百中存一。特不欲居刊薙之名，故托言篋中所有僅此云爾。』益可見元氏選詩之旨。

目前可知《篋中集》最早的刻本爲南宋臨安尹家書籍鋪刻本，然而早已亡佚。清末尚有影宋抄本傳世。丁丙《善本書室藏書志》著録有影宋抄本一部，或即現藏於南京圖書館的舊抄本，詳見下。光緒三十二年（一九〇六）徐乃昌亦得到一部，據之翻刻收入《徐氏叢書》。據徐氏所言，『影宋鈔本末有「臨安府太廟前大街尹家書籍鋪刊行」一行，半葉十行，行十六字』①。就在同時，繆荃孫亦見到影宋抄本，並據之校勘明刻本。其所見應即徐乃昌藏本。此後該影宋抄本便不知

① 見《徐氏叢書》本《篋中集》所附徐氏《校記》之首。按，徐乃昌《積學齋藏書記》亦著録此影宋抄本，而云『每半葉十行，行十八字，白口，單邊』，所述行字與《校記》題識有所不同。另外，《徐氏叢書》本《篋中集》爲半葉十行，行十八字，南京圖書館所藏據尹氏書籍鋪本而來的『影抄宋本』作半葉六行，行十六字，則徐氏所藏影宋抄本之行字似不可遽斷，暫且存疑。

下落。

現存版本大多爲明刻本，包括：嘉靖刻本，現藏於國家圖書館，詳見下；隆慶年間楊綵刻《六家詩選》本，爲半葉九行，行十八字，上海圖書館、天津圖書館等有藏本；萬曆刻《唐人選唐詩六種》本，爲半葉九行，行十五字，現藏於國家圖書館；崇禎元年汲古閣刻《唐人選唐詩八種》本，爲半葉八行，行十九字，傳本較多。

本次選擇嘉靖刻本、清抄本兩種影印。

嘉靖刻本（國家圖書館藏，書號：八五八七），半葉十行，行十八字，白口，左右雙邊。卷中有朱筆圈點、墨色校語。其中校語出自繆荃孫，卷末有其題識云：『丙午中秋前三日據臨安府太廟前大街尹家書籍鋪刊行本校一過。荃孫。』將其校語與《徐氏叢書》本、同樣源出宋本的南京圖書館藏清抄本相校，可知繆氏所校正是宋本面貌，而《徐氏叢書》雖然號稱『影刻』，實則文字已有所出入。此本鈐有『錢氏幽吉堂收藏印記』『曾在汪閬源家』『藝風堂藏書』『藝風審定』『雲輪閣』『荃孫』『周暹』，知此本遞經錢孫艾、汪閬源、繆荃孫、周叔弢等名家收藏①。

① 另，傅璇琮先生整理《篋中集》，於《前記》中羅列國家圖書館所藏的明刻本，其中有『（一）馮舒、黄丕烈校並跋的明刻本，（二）繆荃孫校並跋的明刻本』（《唐人選唐詩十種》（增訂本），中華書局二〇一四年版，第三五九頁）。按，此處有誤。傳世並無馮、黄校並跋的明刻本，傅先生所指實即繆荃孫校跋之嘉靖刻本。此《篋中集》與《搜玉小集》《中興間氣集》合裝爲一册，行款字體一致，均係嘉靖刻本。而《搜玉小集》有馮舒校並跋，《中興間氣集》有馮舒、黄丕烈校並跋。傅先生恐是涉及後二書而誤。

清抄本（南京圖書館藏，書號：〇一一一八七七），半葉六行，行十六字，正文無欄格。書前有朱絲欄葉抄録此書之《四庫提要》，爲半葉八行，行十七字。此本爲丁丙舊藏。書前有丁氏手書題識，云『《篋中集》一卷，影抄宋本』，又云『今末有「臨安府太廟前大街尹家書籍鋪刊行」一條，實影宋本耳』。題識文字與其《善本書室藏書志》『篋中集一卷，影抄宋本』條一致。將此本與繆荃孫校語、《徐氏叢書》本相校，可知其文字確係源自宋本。然而其行款與徐乃昌所見影宋本之『半葉十行、行十六字』不同，字體亦與南宋浙刻相去甚遠，並非嚴格意義上的『影宋』。此本中鈐有『嘉惠堂丁氏藏書之記』『四庫著録』『江蘇第一圖書館善本書之印記』諸印，卷末又有『子固過眼』印。

（任文京）

# 篋中集

國家圖書館藏明嘉靖刻本，繆荃孫校跋

篋中集序

元結作篋中集成問曰公所集之詩何以訂之對曰風雅不興幾及千歲溺於時者世無人哉嗚呼有名位不顯年壽不將獨無知音不見稱顯死而已矣誰云無之近世作者更相沿襲拘限聲病喜尚形似且以流易爲詞不知喪於雅正然哉彼則指詠時物會諧絲竹與歌兒舞女生汚惑之聲於私室可矣若今方直之士大雅君子聽而誦之則未見其可矣吳興沈千運獨挺於流俗之中強攘於已溺之後窮老不惑五

十餘年凡所爲文皆與時異故朋友後生稍見
師效能侣類者有五六人嗚呼自沈公及二三
子皆以正直而無禄位皆以忠信而乆貧賤皆
以仁讓而至喪亡異於是者顯榮當世誰爲辨
士吾欲問之天下兵興於今六歲人皆務武斯
爲誰嗣已長逝者遺文散失方阻絶者不見近
作盡篋中所有摠編次之命曰篋中集且欲傳
之親故冀其不忘於今凡七人詩二十四首時
乾元三年也

# 篋中集目録

元結次山編

篋中集目録

篋中集

元結　次山　編

沈千運四首

感懷弟妹

今日春氣煖東風杏花折筋力又不如却羨澗
中石神仙杳難準中壽稀滿百逐世多夭傷喜
見鬢髮白杖藜竹樹間宛宛行舊跡豈非林園
主却是林園客兄弟可存半空為亡者惜冥冥
無再期哀哀望松栢骨肉能幾人年大自踈隔
性情誰免此與我不相易唯念得爾輩時看慰

朝夕平生兹已矣爲盡非適

贈史修文

故人阻千里會面非别期握手於此地當歡返
成悲念離宛猶昨俄已經於暮疇昔皆少年别
來鬓如絲不道舊姓名相逢知是誰曩游盡鶱
翥與君仍布衣豈曰無其才命理應有時别路
漸欲少不覺生涕淚

濮中言懐

聖朝憂賢良草澤無遺匿人生各有命在餘胡
不激一生但區區五十無寸禄衰退當棄捐貪

宋本餘作余

賤招毀讟栖栖去人世此顕日窮迫不如守田
園歲晏望豐熟壯年失宜盡老大無筋力始覺
前計非將貽後生福童兒新學稼少女未能識
顧此煩知已終日求衣食

山中作

棲隱非別事所願離風塵不辭城邑遊禮樂拘
東人爾來歸山林世事皆吾身何者爲形骸辨
智與諸仁寂寞了閑事而後知天真咳唾矜崇
華迂俯相屈伸如何巢與由天子不知臣

作王季友二首

宋本迫作遑　宋本爾作邇　宋本辨作誰

別李季友

棲鳥不戀枝喈喈在同聲行子馳出户依依主
人情昔時霜臺鏡醜婦羞爾形閉匣二十年皎
潔常猶明今日照離別前途白髮生

寄韋子春

出山秘雲欂山木已再春食我山中藥不憶山
中人山中誰餘容白髮惟相親雀鼠晝夜無知
我廚廩貧依依北舍松不厭吾南隣有情盡弃
捐土石爲同身

于逖二首

宋本馳作遲

宋本作秋雲曙

野外行

老病無樂事歲秋悲更長窮郊日蕭索生意已花黃小弟髮亦白兩男俱不強有才且未達況我非賢良人以朽鈍姿野外老風霜寒鴉噪晚景喬木思故鄉魏人宅蓬池結網佇鱣魴水清魚不來歲暮空彷徨

憶舍弟

衰門少兄弟兄弟唯兩人飢寒各流浪感念傷我神夏期秋未來安知無他因不怨別天長但願見爾身茫茫天地間萬類各有親安知女與

手爭階同古耆何時蹔升景慣濕當共陳

孟雲卿五首

古樂府挽歌

草草門巷喧塗車儼成位冥冥何得晝戴我生人意北邙路非遠此別終天地臨穴頻撫棺至哀反無淚爾形未衰老爾息猶童稚骨肉安可離皇天若容易房帷即靈帳庭宇爲哀次薤露歌若斯人生盡如寄

今離別

結髮生別離相思復相保如何日已遠五變中

庭草渺渺天海途悠悠吳江島但恐不出門出門無遠道遠道行既難家貧衣裳單嚴風吹積雪晨起鼻何酸人生爲有志豈不懷所安分明天上日生死誓同觀

悲哉行

孤兒去慈親遠客喪主人莫吟辛苦曲此曲誰忍聞可聞不可見去去無形迹行人念前程不待參晨鼓朝亦常苦飢暮亦常苦飢飄飄萬餘里貧賤多是非少年莫遠遊遠遊多不歸

古別離

朝日上高臺離人愁秋草如見萬里天不見萬
里道含酸欲誰訴轉轉傷懷抱君行本迢遙苦
樂良誰保宿昔夢同衾憂心夢顛倒結髮年已
遲征行去何早寒暄有時謝憔悴亦難好人皆
美年壽死者何曾老少壯無見期水深風浩浩

傷懷贈故人

稍稍晨鳥翔淅淅草上霜人生早艱苦壽命恐
不長二十學已成三十名不彰豈無同門友貴
賤易中腸驅馬行萬里悠悠過帝鄉辛因絃歌
末得上君子堂衆樂互喧奏獨子備笙簧坐中

宋本天作人

宋本作心憂

宋本作簧

無知音安得神揚揚願因高風起上感白日光

張彪四首

雜詩

富貴多勝事貧賤無良圖上德兼濟心中才不
如愚商者不巧智農者爭膏腴儒生未遇時衣
食不自如久與故交別他榮我窮居到門懶入
門何況千里餘君子有褊性矧乃尋常徒行行
任天地無爲強親疎

神仙

神山可學無百歲名大約天地何茫茫人間半

宋本不作多

豪與沉生亮多感争事斷爲惡争先等驅駟中
路苦瘦弱長老思養壽後生笑寂寞五穀非長
年四氣乃靈藥列子何必待吾心滿寥廓

北遊遠酬孟雲卿

忽忽望前事志願能相乖衣馬久羸弊誰信幸
與才善道居貧賤潔服蒙塵埃行行無定心壈
坎難歸來慈母憂疢疾至家念棲棲與君宿姻
親深見中外懷俟餘惜時節悵望臨高臺

古別離

別離無遠近事難情亦悲不聞車輪聲後會將

宋本忽忽作忽　宋本作文無與才　宋本餘作余

何時去日忘寄書來日乖前期縱知明當返一息千萬思

趙微明三首

回軍跛者

既老又不全始得離邊城一枝假枯木步步向南行去時日一百來時一日程常恐道路旁掩弃狐兎塋所願死鄉里到日不願生聞此哀怨詞念念不忍聽惜無異人術倐忽具尔形

挽歌詞

寒日蒿上明凄凄郭東路素車誰家子丹旐引

宋本作月一程

壯士原下荊棘叢邊有新墓人間痛傷別此
是常別處曠野多蕭條青松白楊樹

思歸

爲別未幾日去日如三秋猶疑望可見日日上
高樓惟見分手處白蘋薄芳洲寸別寧死別不
忍生離

元季川四首

泉上雨後作

風雨蕩繁暑雷息佳霽初衆峰帶雲雨清氣入
我廬颯颯涼飈來臨窺愜所圖緑蔓長新㚖褭

宋本薄作滿

褭垂坐隅流水復盤下丹砂發清渠養葛爲我

衣種芋爲我蔬誰是畹與畦瀰漫連野蕪

登雲中

灌田東山下取藥在爾休清興相引行日日三

四周白鷗與我心不厭此中遊窮覽頗有適不

極趣無幽㑺然歌采薇曲盡心悠悠

山中晚興

河漢降玄霜昨來節物殊媿無神仙姿豈有陰

陽傎靈高望不見慨然悲高梧華葉隨風揚珍

[illegible]

宋本高鳥作鳥

古遠行

悠悠遠行者羈獨當時思道與日月長人無茅
舍期出門萬里心誰不傷别離縱遠當白髮歲
月悲今時何况異形容安須與爾悲

宋本作遠行者　宋本獨作留

丙午中秌前三日据臨安府太廟前大街尹家書籍
鋪刊行本校一過　荃孫

篋中集終

# 篋中集

南京圖書館藏清抄本，丁丙跋

篋中集一卷　影抄宋本

唐元結次山編，所錄沈千運、王季友、于逖、孟雲卿、張彪、趙微明及其弟融七人之詩，凡二十四首，皆古樸味淡之作。前有乾元三年自序云：嗚呼，自沈公及二三子，皆以正直而無祿位，忠信而久貧賤，仁讓而至喪亡，異於是者，顯榮當世。誰爲辯士，吾欲問之。天下兵興，於今六歲，人皆務武，斯焉誰嗣？已長逝者，遺文散失；方阻絕者，不見近作。盡篋中所有，總編次之，命曰篋中集，且欲傳之親故，冀其不忘於今。本有臨安府太廟前大街尹家書籍鋪刊行一條，實影宋本耳。

欽定四庫全書

篋中集

臣等謹案篋中集四卷唐元結編結有次山集已著錄是集成於乾元三年錄沈千運王季友于逖孟雲卿張彪趙微明元季川七人之詩凡二十四首前有自序稱已長逝者遺文散失方阻絶者不見近作盡篋中所有總編次之名曰

篋中集詩曰皆淳古淡泊絶去雕飾非
惟與當時作者門徑迥殊即七人所作
見於他集者亦不及此集之精善蓋汰
取精華百中存一特不欲居刊雜之名
故記言篋中所有僅此云爾其沈千運
寄祕書十四兄一首較河岳英靈集所
載顛倒一聯又少後四句字句亦小有
異同而均以此本爲勝疑結亦頗有所

點定館閣書目為二十四首皆結作則
不然也千運吳興人家於汝北季友河
南人家貧賣屨博極羣書豫章太守李
勉引為賓客杜甫詩所謂豐城客子王
季友也逖里籍無考李白獨孤及皆有
詩贈之雲卿河南人或曰武昌人嘗第
進士官校書郎今所傳詩一卷僅十七
首而悲苦之詞凡十三首則亦不得志

之士虎穎洛陽人杜甫詩所稱張山人
彪者即其人微明天水人名見竇衆述
書賦季川即結弟元融獨書其字未詳
其故或融之子孫所錄如玉臺新詠之
徐孝穆歟

# 篋中集

元結作篋中集或問曰公所集之詩何以訂之對曰風雅不興幾及千歲溺於時者世無人哉嗚呼有名位不顯年壽不將獨無知音不見稱顯死而已矣誰云無之近世作者更相沿襲拘限聲病

喜尚形似且以流易為詞不知喪於雅
正然哉彼則指咏時物會諧絲竹與歌
兒舞女生污惑之聲于私室可矣若今
方直之士大雅君子聽而誦之則未見
其可矣吴興沈千運獨挺於流俗之中
强攘於已溺之後窮老不惑五十餘年

凡所為文皆與時異故朋友後生稍見
師效能侶類者有五六人嗚呼自沈公
及二三子皆以正直而無禄位皆以忠
信而久貧賤皆以仁讓而至喪亡異於
是者顯榮當世誰為辨士吾欲問之天
下兵興于今六歲人皆務武斯為誰嗣

已長逝者遺文散失方阻絶者不見盡
作盡篋中所有總編次之命曰篋中集
且欲傳之親故冀其不忘於今凡七人
詩二十四首時乾元之三年也

沈千運 四首

感懷弟妹

今日春氣暖東風杏花折筋力又不如却
羨澗中石神仙杳難準中壽稀滿百近世
多夭傷喜見鬢髮白杖藜竹樹間宛宛行
舊跡豈知林園主却是林園客兄弟可存
半空為亡者惜冥冥無再期哀哀望松柏
骨肉能幾人年大自疎隔性情誰免此與

我不相易惟念得爾輩時看慰朝夕平生

兹已矣此外盡非適

贈史修文

故人阻千里會面非別期握手於此地當

歡返成悲念離宛猶昨俄已經數期疇昔

皆少年別來鬢如絲不道舊姓名相逢知

是誰曩游盡騫翥與君仍布衣豈曰無其
才命理應有時別路漸欲少不覺生涕洟

濮中言懷

聖朝優賢良草澤無遺匿人生各有志在
余胡不激一生但區區五十無寸祿衰退
當棄捐貧賤招毀讟栖栖去人世迹躓日

窮迫不如守田園歲宴望豐熟壯年失宜

盡老大無筋力始覺前計非將貽後生福

童兒斯學稼少女未能織顧此煩知己終

日求衣食

山中作

栖隱非別事所願風塵不辭城邑遊禮樂

拘人，東邇來歸山林庶事皆吾身何者為
形骸誰是智與仁寂寞了閑事而後知天
真咳唾矜崇華迂俯相屈伸如何巢與由
天子不得臣

王季友 二首

別李季友

棲鳥不戀枝喈喈在同聲行子遲出户依

依主人情昔時雙臺鏡醜婦羞爾形閉匣

二千年皎潔常獨明今日照離别前途白

髮生

寄韋子春

出山秋雲曙山木已再春食我山中藥不

憶山中人山中誰余密白髮惟相親雀鼠

晝夜無知我厨廪貧依依北舍松不厭吾

南隣有情盡棄捐土石爲同身

于逖二首

野外行

老病無樂事歲秋悲更長窮郊日蕭索生

意已蒼黄小弟髮亦白兩男俱不强有才
且未達况我非賢良幸以朽鈍姿野外老
風霜寒鴉噪晚景喬木思故鄉魏人宅蓬
池結網佇鱣魴水魚清不來歲暮空彷徨

憶兄弟

哀門少兄弟兄弟惟兩人饑寒各流浪感

念傷我神夏期秋未來安知無他因不怨

别天長但願見爾身茫茫天地間萬類各

有親安知汝與我乖隔同胡秦何時對形

影憒懣當共陳

孟雲卿　五首

古樂府挽歌

草草門巷喧逢車儼成位冥冥何得盡歲

我生人意北邙路非遙此別終天地臨穴

頻撫棺至哀反無淚爾形未衰老爾息猶

童稚骨肉安可離皇天若容易房帷即靈

帷庭宇為哀次薤露歌若斯人生盡如寄

今別離

結髮生别離相思復相保如何日已遠五
變中庭草渺渺天海途悠悠吳江島但恐
不出門出門無遠道遠道行既難家貧衣
裳單嚴風吹積雪晨起鼻何酸人生爲有
志豈不懷所安分明天上日生死誓同觀

悲哉行

孤兒去慈親遠客喪主人莫吟辛苦曲此
曲誰忍聞可聞不可見去去無形迹行人
念前程不待參辰没朝亦常苦飢暮亦常
苦飢飄飄萬餘里貧賤多是非少年莫遠
遊遠遊多不歸

古別離

朝日上高臺離人愁秋草如見萬里人不
見萬里道含酸欲誰訴轉轉傷懷抱君行
本迢遠若樂良誰保宿昔夢同衾心憂夢
顛倒結髮年已遲征行去何早寒暄有暄
有時謝憔悴亦難好人皆美年壽死者何
曾老少壯無見期水深風浩浩

傷懷贈故人

稍稍晨鳥翔淅淅草上霜人生早艱苦壽命恐不長二十學已成三十名不彰豈無同門友貴賤易中腸驅馬行萬里悠悠過帝鄉幸因絃歌末得上君子堂樂互喧奏獨子備笙篁坐中無知音安得神揚揚顧

因高風起上感白日光

張彪　四首

雜詩

富貴多勝事貧賤無良圖上德兼濟心中

才不如愚商者多巧智農者爭膏腴儒生

未遇時衣食不自如久與故交別他榮我

窮居到門懶入門何況千餘里君子有褊

性矧乃尋常徒行行任天地無為强親疎

神仙

神仙可學無百歲名大約天地何茫茫人

間半哀樂浮生亮多惑善事翻為惡争先

等馳驅中路苦瘦弱長老思養壽後生笑

寂寞五穀非長年四氣乃靈藥列子何必

待吾心滿寥廓

北遊還酬孟雲卿

忽忽望前事志願能相乖衣馬久羸弊誰

信文與才善道居貧賤瀟服㡧塵埃行行

無定心壈坎難歸来慈母憂疢疹至家念

栖栖與君宿姻親深見中外懷俟余惜時
節悵望臨高臺

古別離

別離無遠近事歡情亦悲不聞車輪聲後
會將何時去日忘寄書來日乖前期縱知
明當返一息千萬思

趙微明　三首

回軍跛者

既老又不全始得離邊城一枝假枯木步
步向南行去時日一百來時月一程常恐
道路旁掩棄狐兔塋所願死鄉里到日不
願生聞此哀怨詞念念不忍聽惜無異人

術倏忽具形爾

挽歌詩

寒日蒿上明淒淒郭東路素車誰家子丹旐引將去原下荆棘叢叢邊有新墓人間痛傷別此是常別處曠野多蕭條青松白楊樹

思歸

為别未幾日去日如三秋猶疑望可見日

日上高樓惟見分手處白蘋滿芳洲寸心

甯别死不忍生離憂

元季川　四首

泉上雨後作

風雨蕩繁暑雷息佳霽初衆峯帶雲雨清
氣入吾廬颯颯涼飈来臨窺愜所圖緑蘿
長新蔓裹裹垂坐隅流水復簷下丹砂發
清渠養葛為我衣種芋為我蔬誰是畹與
畦瀰漫連野蕪

登雲中

灌田東山下取藥在爾休清興相引行日
日三四周白鷗與我心不厭此中遊窮覽
頗有適不極趣無幽慘然歌采薇曲盡心
悠悠

山中曉興

河漢降玄霜昨來節物殊媿無神仙姿豈

有陰陽俱靈鳥望不見慨然悲高梧華葉

隨風揚珍條雜榛蕪為君寒谷吟歎息知

何如

古遠行

悠悠遠行者羈留當時思道與日月長人

無茅舍期出門萬里心誰不傷别離縱遠

當白髮歲月悲今時何況異形容安須與

爾悲

臨安府太廟前大街尹家書籍舖刊行

篋中集

# 中興間氣集

## 《中興間氣集》提要

此書大約編於唐德宗貞元初年，共選唐代詩人二十六家，自錢起始，至張南史止，皆肅宗、代宗二朝詩。卷首有高氏自序一篇，詳述此書編選緣起及選録標準。高氏有感於前人所編選集有所偏頗，如『《英華》失於浮游，《玉臺》陷於淫靡，《珠英》但紀朝士，《丹陽》止録吳人。此由曲學專門，何暇兼包衆善』，因此編成此集，『起自至德元年，終於大曆末年。作者數千，選者二十六人，五言詩一百四十首，七言附之，列爲兩卷，略叙品彙人倫，命曰《中興間氣集》』。所收詩歌，『但使體格風雅，理致清新，期觀者易心，聽者竦耳，則朝野通取，格律兼收』。

書中所收以皇甫冉詩最多，凡十三首，錢起、郎士元各十二首，崔峒、劉長卿各九首，李嘉祐、朱灣各八首，韓翃七首，李季蘭、孟雲卿各六首，皇甫曾五首，道人靈一、劉灣各四首，張衆甫、蘇渙、張繼、竇參、張南史、鄭常各三首，于良史、鄭丹、李希仲、章八元、戴叔倫、姚倫各二首，杜誦一首①。多爲五言詩，五言律詩尤多。各家名下皆有評語，仿照鍾嶸《詩品》之例。前人對此書褒貶不一。唐鄭谷《讀前集二首》之二云：『殷璠裁鑒《英靈集》，頗覺同才得契深。何事後來高仲武，品題《間氣》未公心。』陳振孫《直齋書録解題》更是

① 各本所録詩歌數量有所不同，詳見下文，此處依據國家圖書館所藏汲古閣影宋抄本。

斥此書『議論文辭皆凡鄙』。《四庫全書總目》則爲之翻案：『仲武持論頗矜慎，其謂劉長卿十首以後語意略同，落句尤甚，鑒别特精。』

根據傅璇琮先生的研究①，《中興間氣集》的傳世版本可分爲兩個系統：其一爲毛氏汲古閣影宋抄本系統。該本現藏於國家圖書館，光緒十九年（一八九三）武進費氏影宋刻本與之基本一致。其二爲明刻本系統，包括明嘉靖刻本、萬曆刻本、崇禎汲古閣刻本等。二系統各有優劣，可相互補充。總體而言，影宋抄本更爲完備。首先，其内容較完整。評語方面，明刻本系統缺張衆甫、章八元、戴叔倫、孟雲卿、劉灣五家評語，李季蘭評語亦缺一段，而影宋抄本備載無闕。所録詩歌方面，各本參差不同。影宋抄本收詩一百三十四首，嘉靖、萬曆刻本收一百三十二首，汲古閣刻本收一百三十六首（其中正文一百三十二首，與嘉靖本、萬曆本同；卷末又補遺四首）②，其中有見於影宋抄本而明刻系統諸本無者。其次，影宋抄本文字淵源有自，可與《文苑英華》《唐詩紀事》等宋代文獻相印證。比如劉長卿《送嚴士元》，明刻諸本『嚴』作『郎』，而《文苑英華》《唐詩紀事》《劉隨州詩集》皆作『嚴』。

本次選擇清初汲古閣影宋抄本、明嘉靖刻本二種影印。

清初汲古閣影宋抄本（國家圖書館藏，書號：八五八八五），每半葉十行，行十八字，白

①傅璇琮校點《中興間氣集》前記，傅璇琮、陳尚君、徐俊編《唐人選唐詩新編》（增訂本），中華書局二〇一四年版，第四四六至四四七頁。

②傅璇琮先生合併諸本，去其重複，共得詩一百四十二首。

口，左右雙邊。其特點與價值前文已述。卷中鈐有『宋本』『甲』『毛晉』『毛晉校印』『汲古主人』『汪士鍾印』『三十五峰園主人』『周暹』諸印，知遞經毛晉、汪士鍾、周叔弢等名家收藏。

明嘉靖刻本（國家圖書館藏，書號：八五八六），每半葉十行，行十八字，白口，左右雙邊。是本影響較大，民國《四部叢刊》初編根據此本影印，一九五八年中華書局古籍編輯所點校《唐人選唐詩（十種）》之《中興間氣集》又以《四部叢刊》本爲底本。傅增湘曾謂『其行格與影宋本同，而文字乃大異』①。明末學者馮舒曾爲之抄補缺葉並校勘，所補内容包括高仲武《大唐中興間氣集叙》、孟雲卿評語、鄭常評語及詩三首。卷末有其識語云『崇禎己卯（一六三九）春中得趙玄度抄宋本較增于空居閣』，據此可知馮氏校補之來源。黄丕烈校補此書於嘉慶八年（一八〇三），其所據爲一舊抄本。其跋云：『（抄本）與馮校本大同而小異。因用墨筆手校一過。然卷中先有墨筆校者，故每遇校處鈐「江夏」印章别之，所最異者李嘉祐末一首，及戴叔倫之或作七首、或作二首耳。』從校補文字來看，馮、黄二氏所據抄本與汲古閣舊藏影宋抄本較爲接近，應屬於同一系統。卷中鈐『馮舒之印』『馮氏藏本』『上黨』『孝修』『錢氏幽吉堂收藏印記』『星橋子印』『蕘圃手校』『江夏』『勞健』『荃孫』『雲輪閣』『周暹』等印章，知是本遞經馮舒、錢興祖、錢孫艾、顧星橋、黄丕烈、勞健、繆荃孫、周叔弢等名家收藏。

（袁　媛）

① 莫友芝撰，傅增湘訂補《藏園訂補郘亭知見傳本書目》卷十六上，中華書局二〇〇九年版，第一五一三頁。

# 中興間氣集

國家圖書館藏明嘉靖刻本，馮舒、黄丕烈校跋

大唐中興間氣集敘

渤海高仲武

詩人之所作本諸心心有所感而形于言言合典謨則
列于風雅暨乎梁昭明載述已往撰集者數家榷
其風流正聲最備其餘著錄或未至焉何者英
華失于浮游玉臺陷于淫靡珠英但紀朝士丹陽
止錄吳人此繇曲學專門何暇兼包衆善使夫大雅君
子所以對卷而長嘆也唐興一百七十載屬方隅叛援我
紛綸叢文之人述作中廢粤若肅宗先帝以殷憂啓聖反正
中興今上皇帝以叡聰明保安區宇國風雅頌

然後興亦諷文明御時上以化下者也其不揆菲陋輒罄
謏聞博訪詞林采察謠偺起自至德元季首終于大曆
末年作者數千選者二十六人五言詩一百四十首七言
詩附之列爲兩卷略序品彙人倫命曰中興間氣集
且大微言雖絶大制猶存詳畧其臧否尚可擬議古之作者因
事造端敷弘体要立義以全其制因文以寄其心著王政之興
衰國風之善否豈其苟悦權右取媚薄俗哉今之所收殆
革斯弊但使体格風雅理致清新觀者易心聽者竦耳
則朝野通載格律兼收自鄶以下非所附麗凡百君子
幸詳至公

# 中興間氣集姓氏

卷上

錢起十二首　張衆甫三首

于良史三首　鄭丹二首

李希仲二首　李嘉祐八首

章八元一首　戴叔倫六首七

皇甫冉十三首　杜誦一首

朱灣七首　韓翃七首

蘇渙三首

卷下

六作二

郎士元十二首　崔峒九首
張繼三首　劉長卿九首
李季蘭六首　竇參三首
道人靈一十四首　姚倫二首
皇甫曾五首　鄭常三首
孟雲卿六首　劉灣四首
張南史三首

中興間氣集姓氏畢

# 中興間氣集目録

渤海高仲武集

卷之上

錢起

奉送劉相公催轉運

裴迪書齋翫月之作

廣德初鑾駕出關後愁望之作

太子李舍人城中别業與文士逃暑

詠白油帽送客

東皋早春寄郎四校書

臘下贈裴舍人

送溫逸人

送李史赴洪州

宿畢侍郎宅

夜靜訓通上人問疾

山中寄時校書

張衆文甫

寄興園池鶴上劉相公

送李襯之宣州謁袁中丞得三州渡

送李司直使吳

于良史

冬日野望

閑居

鄭丹

玄宗至道大聖大明皇帝挽歌

肅宗挽歌

李希仲

東皇太乙祠

薊北行二首

李嘉祐

發滄浦望山作初晴自省賞赦江陰

送王牧吉州謁使君叔

潤州王別駕宅送蔣九侍御歸楊州

奉陪韋潤州送鶴林寺

仲夏江陰官舍寄裴明府

送韋員外端公宣慰勸農畢赴洪州

登楚城驛十里村竹林次交映

送從弟任饒州録事參軍

章八元

新安江行

送夷甫一首各本俱脫 按目錄公共六首卷中已足其數若增送夷甫一篇則七首矣

戴叔倫

送夷甫宰鄮縣

送趙主簿自蜀歸絳州覲省

皇甫冉

送王相公赴幽州

題裴固新園

酧袁補闕中天寺見寄

酧崔侍御期蘇道士不至

巫山高

和袁郎中破賊後經剡中山水

送元晟還於潛山所居

獨孤中丞筵陪餞韋使君赴昇州

同杜相公對山僧作

送林貟外往江南

送李録事赴饒州

秋日東林作

少室韋鍊師昇仙

杜誦

哭長孫侍御

朱灣

燕居寒菊花

奉使設宴戲擲龍籌

詠雙陸頭子

詠壁上酒瓢呈蕭明府

詠玉

送陳偃賦得白鳥翔翠微

題段上人院壁画古松

韓翃

送辰州李中丞

題薦福寺衡岳禪師房

奉送王相公赴幽州

題蘇許公林亭

送孫革及第後歸江南

題僧房

送太常元博士歸潤州

蘇渙

變律

同前

同前

卷之下

郎士元

送楊中丞和蕃

送奚賈歸吳

別鄭礒

送長沙韋明府之縣

送洪州李别駕之任

送裴補闕入河東幕

春日宴張舍人宅

送陸員外赴潮州

送王季友赴洪州

題劉相公三湘圖
送孫侍郎往容府宣慰
塞下曲
崔峒
春日憶姚氏外甥
題崇福寺禪師院
江上書懷
送薛良友往越州謁從叔
送眞上人還蘭若
送丘二十二歸蘇州

初辭命後酧丘二十二見贈

題桐廬李明府官舍

清江曲内一絶 折腰体

張繼

送判官往陳留

感懐

夜泊松江

劉長卿

題崔公庭竹

送朱山人越州賊退歸山陰別業

詣至千越亭作

陪鄭中丞林園宴

送張繼司直適越

送駱三少府西山應制

送李中丞之襄州

題鄭山人幽居

送郎士元

李季蘭

湖上卧病喜陸鴻漸至

寄校書七兄

宿靈源觀

靜林寺即武帝隱所有鐘磬皆古物昔

皆有聲

雨後欲尋天目山問元駱二公溪路絕

句

姚倫

感秋林

過章秀才客居

皇甫曾

送雲門邕上人

送林中丞還京

贈別筌公

送杜中丞還京

早朝日寄所知

孟雲卿

鄴城懷古

傷情

傷時

同前

五哥劉鄠

鄭常

寄邢逸人

送頭陀赴廬山寺

謫居漁陽白沙口值雨因題驛亭

中興間氣集目録終

# 中興間氣集卷上

渤海高仲武集

## 錢起

員外詩體格新奇理致清贍越從登第挺冠詞林文宗右丞許以高格右丞沒後員外爲雄芟齊宋之浮游削梁陳之靡嫚迥然獨立莫之與羣且如鳥道挂疎雨人家殘夕陽又牛羊上山小烟火隔林疎又長樂鐘聲花外盡龍池柳色雨中深皆特出意表標雅古今又窮達戀明主耕桑亦近

交則禮義克全忠孝兼著足可弘長名流爲後楷式士林語曰前有沈宋後有錢郎

奉送劉相公催轉運

國用資戎事臣勞爲主憂將徵任土貢更發濟川舟擁傳星還去回池鳳不留唯高飲冰節稍淺別家愁落葉淮邊雨漲山海上秋遥知謝公興微月在高樓

裴迪書齋翫月之作

夜來詩酒興月上謝公樓影閑重門靜寒生獨樹秋鵲驚隨月散螢遠入烟流今夕遥天末清

鮮趙解

暉幾處愁。

廣德初見鑾駕出關後愁望之作

愁看秦川色，慘慘雲景晦。乾坤暫運行，品物遺覆載。黃塵漲戎馬，紫氣隨龍旆。揮泣指關東，日月扶氣外。臣心寄遠水，潮海去如帶。周德更休明，天衢佇開泰。

太子李舍人城中別業與文士逃暑

下車失炎暑，重門深綠篁。宮臣禮嘉客，林表開蘭堂。兹席興雖盡，澄罍照墨場。鮮風吹印綬，密坐皆簪裾。美景昔文會，青衿逢羽觴。東岑晚來

女樓目趣何長鳥道相踈雨人家殘夕陽城隈
擁歸騎留酹戀瓊芳

咏白油帽送客

薄盾慙加首微陰幸庇身卷舒無定日行止必依人已沐脂膏惠寧辭雨露頻雖同客衣色不染洛陽塵

東臯早春寄郎四校書

禄微賴學稼歲趣歸衡茆窮達戀明主耕桑亦近郊夜來霽山雪陽氣動林梢萌蕙暖初吐春鳩鳴欲巢蓬萊時入夢知子憶貧交

闕下贈裴舍人

二月黃鸝飛上林春城紫禁曉陰陰長樂鐘聲花外盡龍池柳色雨中深陽和不散窮途恨霄漢常懸捧日心獻賦十年猶未遇羞將白髮對華簪

過温逸人舊居

反真難合道懷舊仍無弔浮俗漸澆漓斯人誰繼妙聲容心在耳寧覺阻言笑玄堂閑幾春拱木齊雲嶠鶴傳若士舞猿得蘇門嘯酹酒片陽微空山想埋照

送彈琴李長史赴洪州

抱琴爲傲吏，孤棹復南行。幾處秋江水，皆添白雪聲。佳期來客夢，幽思緩王程。佐牧無勞問，心和政自平。

宿畢侍御宅

交情頻更好，子有古人風。晤語清霜裏，平生苦節同。心惟二仲合，室乃一瓢空。落葉寄秋菊，愁雲低夜鴻。瀟寒燈影外，殘漏雨聲中。明發南昌去，迴看御史驄。

靜夜訓通上人問疾

衆文婉媚綺錯巧用文
字工于興喻只如不隨
淮海變空愧稻粱恩
盡陳諷之源又自當冊
識路應濟往来人得諷
興之要形容體裁率
皆如此文流之佳士也

東林生早涼高梳遠公房大士看心後中宵清漏長
驚蟬出暗柳微月隱迴廊何事沉痾久含毫問藥王

山中寄時校書

蓬萊紫氣溫如玉唯予知爾陽春曲別來幾日
芳蓀綠百花酒滿不見君青山一望心斷續

張衆文甫

寄興園池鶴上劉相公

馴狎經時久欄縱短翮存不隨淮海變空愧稻
粱恩獨立秋天靜單栖夕露繁欲飛還斂翼詎
敢望乘軒

送李觀之宣州謁袁中丞賦得三洲渡

古渡大江濵，西南距要津。自當舟楫路，應濟往來人。翻浪驚飛鳥，回風起緑蘋。君看波上客，歲晚獨垂綸。

送李司直使吳

使君方擁傳，王事遠辭家。震澤逢殘雪，新豐遇落花。（一作遇過字）水萍千葉散，風柳萬條斜。何處看離恨，春江無限沙。

于良史

侍御詩清雅，工於形似，如「風兼殘雪起，河

帶斷冰流吟之未終皎然在目

冬日野望

地際朝陽滿天邊宿霧收風兼殘雪起河帶斷冰流北闕馳心極南圖尚旅遊登臨思不已何處可消憂

閑居

隱几讀黃老閑齋耳目明僻居人事少多病道心生雨洗山林濕蛙鳴池館晴褰簾暮雲起殘日上高城

鄭丹

丹詩剪刻婉密寶曆中獻二帝兩后挽歌
三十首詞旨哀楚得臣子之致雖不及事
朝廷嘉之解褐任薊州錄事參軍今選尤
者列于此集

玄宗至道大聖大明皇帝挽歌

律曆千年會車書萬里同固期常戴日豈謂厭
觀風地慘新疆理城摧舊戰攻山河寧不壯今
夕盡皆空（夕一作昔）

肅宗挽歌

國以重明受天從諒闇移諸侯方北面白日忽

西馳龍影當泉落鴻名向廟垂永言青史上還
是載無爲

李希仲

李詩輕靡華勝於實此所謂才力不足務
爲清逸然前聯飛鳥落格鬬塵沙昏亦非
塞實録疊疊不絶者可及于中矣

東皇太一祠

去日初齋戒靈巫穆上皇焚香布瑤席鳴佩奠
椒漿緩舞花飛滿清歌水去長回波送神曲雲
雨過蕭相

信是一首後人以其轉韻改作二首可笑

薊北行

旄頭有精芒胡騎獵秋草羽檄南渡河邊庭用
兵早漢家變征戰宿將今已老辛苦羽林兒從
戎榆關道
一身救邊速烽火連薊門前軍飛鳥落斷一作格
鬭塵沙昏寒入鼓聲急單于將夜奔當須徇忠
節身死報國恩

李嘉祐

袁州自振藻天朝大收芳譽中興高流與

錢郎別爲一體往往涉于齊梁綺靡婉麗
蓋吳均何遜之敵也如野渡花爭發春塘
水亂流又朝霞晴作雨濕氣晚生寒文章
之冠冕也又禪心超忍辱梵語問多羅微
使許詢更出孫綽復生窮極筆力未到此
境

發湓浦望山作初晴直省賚勑催赴江
陰

西望香爐雪千峰晚望新白頭悲作吏黄紙更
催人多負登山屐衆載漉酒巾惕心公府内手

旅日相親

送王牧吉州謁使君叔

細草緑汀洲，王孫耐薄遊。年華初冠帶，文體舊弓裘。野渡花爭發，春塘水亂流。使君憐小阮，應念倚門愁。

潤州王別駕宅送蔣九侍御收兵歸揚州

沴氣清金虎，兵威壯鐵冠。擁旌川色瞑，吹角水風寒。人對輜軿醉，花看騂晛殘。羨歸丞相府，空望舊雕欄。

奉陪韋潤州遊鶴林寺

野寺江城近，雙旌五馬過。禪心超忍辱，梵語問多羅。松竹閑僧老，雲烟晚日和。寒塘歸路轉，清磬隔微波。

仲夏江陰官舍寄裴明府

萬室邊江次，孤城對海安。朝霞晴作雨，濕氣晚生寒。苔色侵衣桁，潮痕上井欄。題書招茂宰，思爾欲辭官。

送韋員外端公宣慰勸農畢赴洪州

聖主臨前殿，殷憂遣使臣。氣迎天詔喜，恩發土

送從弟任饒州録事參軍
一官萬里向千溪，水宿山行漁浦西。日晚長烟高岸近，天寒積雪遠峰低。蘆花渚裏鴻相叫，苦竹叢邊猿暗啼。聞道慈親倚門待，到時蘭葉正萋萋。

春草色，催歸棹，鶯聲爲送人。龍沙多道里，流水日相親。

登楚城驛路十里村竹林次交映

十里山村道，千峰櫟樹林。霜濃竹枝亞，歲晚荻花深。草市多樵客，漁家足水禽。幽居雖可羨，無那子年心。

和苗員外秋夜省直

久雨南宮夜，仙郎寓直晴。漏長丹鳳闕，秋老白雲司。螢影侵階亂，鴻聲出苑遲。蕭條人吏散，小謝有新詩。

按日本作送從弟云云，與此異，今補逸并詩備考。

八元嘗于郵亭偶題數句語氣益瀲楚元以離家維大異之遂親指喻數年究賦擢第至如雪晴山脊見沙淺浪痕交得山水狀兒也

叔倫爲人溫雅善舉止無賢不肖見皆盡心在租庸幕數年夕惕靡怠吏部尚書劉公與祠部員外張繼書云博訪選林揖對賓客如戴叔倫其見推如此詩躰雖不越中格然解字經炭公田沒海潮亦指事造形之工者其骨氣稍乾故詩亦少

送謝夷甫寧鄮梁

章八元 新安江行

江源南出永野飯暫維梢古戍懸魚網空林露鳥巢雪晴山脊見沙淺浪痕交自笑無媒者逢人作解嘲

離作辭 喻作諭

戴叔倫

吳明府自遠而來留宿

出門逢故友衣服滿塵埃歲月不可問山川何處來綺城容敝宅散職寄靈臺自此留君醉相歡得幾回

無吳明府已下五首

梁作

官僚解宇經山火公要淩
海潮致時應安偕新政
端餘姚

除夜宿石頭驛

旅館誰相問寒燈獨可親一年將盡夜萬里未
歸人寥落悲前事支離笑此身愁顔與衰鬢明
日又逢春

客夜與故人偶集

天秋月又滿城闕夜千重還作江南會翻疑夢
裏逢風枝驚暗鵲露草覆寒蛩羈旅長堪醉相
留畏曉鐘

送友人東歸

萬里楊柳色出關送故人輕烟拂流水落日照

老小

行塵積夢江湖闊憶家兄弟今朝徘徊灞亭上不語自傷春

別友人

擾擾倦行役相逢陳蔡間如何百年内不見一人閑對酒惜餘景問程愁亂山秋風萬里道又出穆陵關

廣陵送趙主簿自蜀歸

将歸汾水上遠省錦城來已泛西江盡仍隨北雁廻暮雲征馬速曉月故關開漸向庭闈近留君醉一杯

無廣陵二字歸下多絳州覲親四字

皇甫冉

冉詩巧於文字，發調新奇，遠出情外。然而「雲藏神女館，雨到楚王宮」，與「閑門白日晚，倚杖青山暮」，及「遠山重疊見，芳草淺深生」，「岍草知春晚，沙禽好夜驚」，又「燕知社日辭巢去，菊爲重陽冒雨開」，可以雄視潘張，平揖沈謝。又巫山詩，終篇奇麗，自晉宋齊梁陳隋以來，採掇者無數，而補闕獨獲驪珠，使前賢失步，後輩郤立。自非天假，何以逮斯。長轡未騁，芳蘭早凋，悲夫。

送王相公赴幽州

自昔蕭曹任，難兼衛霍功。勤勞無遠近，旌節屢西東。不選三河卒，還令萬里通。雁行緣古塞，馬鬣起長風。遮虜關山靜，防秋鼓角雄。徒思一攀送，羸病蓽門中。

題裹固新園

東郭訪先生，西郊尋隱路。久爲江南客，自有雲陽樹。已得丘園心，不知公府步。閉門白日晚，倚杖青山暮。果熟任霜封，一作雜蹊從水渡。窮年無辜綴土事，昔人論莫佳見羯拼人，朗朗自來去

酬李祁陽中天寺見寄

東林初結社，已有晚鐘聲。囪戶皆流水，房廊半架城。遠山重疊見，芳草淺深生。每與君攜手，多煩長老迎。

酬崔侍御期蘇道士不至

一心求妙道，幾處候真師。丹竈今何處，白雲無定期。崑崙烟景絶，汗漫往來遲。君但焚香待，人間到有時。

巫山高

巫峽見巴東，迢迢出半空。雲藏神女館，雨到楚

王宫朝暮泉聲落，寒暄樹色同。清猿不可聽，偏在九霄中（霄一作秋）

和袁郎中破賊後經剡中山水

武庫分帷幄，儒衣事鼓鼙。兵連越徼外，寇盡海門西（一作氛）。節比全疏勒，功當雪會稽。旌旗迴剡嶺，士馬濯耶溪。受律梅初發，班師草未齊。行看佩侯印（一作金），豈得訪丹梯。

送元晟還於潛山所居

深山秋事早，君去復何如。裛露收新稼，迎霜葺舊廬。題詩即招隱，作賦是閑居。別後空相意，盎

康憹寄書

獨孤中丞筵陪餞韋使君赴昇州

中司龍節貴上客虎符新地控吴襟帶才高漢縉紳泛舟應度臘入境便行春何處處一作処歌來暮長江建業人

同杜相公對山僧作

吏散重門掩僧來閑閣閒遠心馳北闕春興寄東山草長風光裏鶯喧靜默間芳晨不可住惆悵暮禽還

送林貟外往江南

分務江南遠，留權幕下榮。楓林緣楚澤，水驛到湓城。岸草知春晚，沙禽好夜驚。風帆幾泊處，處處暮潮清。

送李録事赴饒州

北人南去雪紛紛，雁叫汀沙不可聞。積水長天隨遠道，荒城極浦足寒雲。山從建業千峰出，江至潯陽九派分。借問督郵纔弱冠，府中年少不如君。

秋日東郊作

閒看秋水心無事，臥對寒松手自栽。廬岳高僧

留偶别茅山道士寄書來燕知社日辭巢去菊

爲重陽冒雨開淺薄將何稱獻納臨岐終日獨

遅廻

少室韋鍊師昇仙歌

紅霞紫氣晝氳氳絳節青幢迎少君忽從林下

昇天去空使時人禮白雲

杜誦

杜君詩調不失如流水生涯盡浮雲世事

空得生人始終之理故編之

哭長孫侍御

道爲詩書重名因雅頌雄禮闈曾擢桂憲府舊乘驄流水生涯盡浮雲世事空唯餘舊臺柏蕭颯九原中

朱灣

從事率履正素放情江湖郡國交辟潛躍不起有唐高人也詩體幽遠興用洪深因詞寫意窮理盡性於詠物尤工如受氣何曾異開花獨自遲所謂哀而不傷國風之深者也

秋夜燕王郎中宅賦得露中菊

衆芳春競發寒菊露偏滋受氣何曾異開花獨
自遲晚成猶待賞欲采未過時忍棄東籬下看
他迭盛衰

奉使設宴戲擲籠籌

今日陪樽俎良籌復在兹獻酬君有禮賞罰我
無私莫怪斜相向還將正自持一朝權入手看
取令行時

詠雙陸頭子

采采應緣白鑽心不爲名掌中猶可重手下莫
言輕有對唯求敵無私直任爭君看一擲後當

取擅場聲

詠壁上酒瓢呈蕭明府

不是難提挈行藏固有期安身未得所開口欲從誰應物心無倦當壚柄會持莫將成廢器還有對樽時

詠玉三

獻玉屢招疑終朝省復思既哀黃鳥興還復白圭詩請益先求友將行必擇師誰知不鳴者獨下董生帷

矣東憂感詩曰鳥翔是故

不知圖與雀天畔弄晴暄背日分明見晴川杪
映微淨中雲一點回處雪孤飛正好南枝住翩
翩何所歸

題段上人院壁畫古松

石上盤古根謂言天生有安知草木性變在畫
師手陰深方丈間眞趣幽且閑木紋離披勢槎
枒中裂空心火燒出掃成三寸五寸扶便是千
年萬年物莓苔濃淡色不同一面生一作死皮生
蠹蟲風霜未必來到此氣色沓在寒山中孤標
可玩不可取能使支公道場古

凡宋本韓君平名俱作翃不可輙改

韓翃

韓員外詩匠意近於史興致繁富一篇一詠朝士珍之多士之選也如星河秋一鴈砧杵夜千家又客衣筒布潤山舍荔支繁又踈簾看雪捲深戶映花關方之前載芙蓉出水未足多也其比興深於劉員外筋節成於皇甫冉也

送辰州李中丞

白羽逐青絲翩翩南去　時巴人迎道路蠻帥引

[illegible]

員外郎詩

題薦福寺衡嶽禪師房

春城乞食還，高論此中閑。僧臘階前樹，禪心江上山。踈簾看雪捲，深戸映花關。晚送門人出，鍾聲杳靄間。

奉送王相公赴幽州

黃閣開帷幄，丹墀侍冕旒。位高湯左相，權揔漢諸侯。不改周南化，仍分趙北憂。雙旌過易水，千騎入幽州。塞草連天暮，邊風動地秋。無因陪遠道，結束佩吳鈎。

題蘇許公林亭

平津東閣在別是竹林期萬葉秋聲裏千家落
照時門隨深巷靜窗過遠鐘遲客住苔生處依
然又賦詩

送孫革及第後歸江南

過淮芳草歇千里又東歸野水吳山出家林越
鳥飛荷香隨去棹梅雨濕征衣無數滄洲客如
君達者稀

題僧房

披衣聞客至關鎖此時開鳴磬夕陽盡卷簾秋

色來名香遠竹徑清梵出花臺身在心無事作一
住他方到幾回
送太常元博士歸潤州
渡江秋色裏詩興與歸心客路緣楓岸家人掃
橘林潮聲當晝起山翠近南深幾日華陽洞寒
花獨自尋
蘇渙
渙本不平者善放白弩巴中號曰白跖賓
人患之以比盜跖後自知非變節從學鄉
賦擢第累遷至侍御史佐湖南幕崔中丞遇

害漁遂踰嶺扇動哥舒跋扈交廣此猶龍
蛇見血本質彰矣三年中作變律詩九首
上廣州李帥其文意長於諷刺亦育陳拾
遺一鱗半甲故今者之或曰此子左右嬖臣
侵敗王略今著其文可乎荅曰漢著蒯通
說詞皇史録列祖君彥檄書此大所以容
細也夫善惡必書春秋至訓明言不廢孟
子格言漁者其殆類此乎但不可弃其善
亦以深戒君子之意

變律格詩

日月東西行寒暑冬夏易陰陽無停機造化渾
莫測開目爲晨光閉目爲夜色一開復一閉明
晦無休息居然六合外曠我天地德天地且不
言世人浪喧喧

同前

毒蜂一成窠高挂惡木枝行人百步外目斷魂
亦飛長安大道邊挾彈誰家兒右手持金丸引
滿無所疑一中紛下來勢若風雨隨身如萬箭
攢宛轉迷所之徒有疾惡心柰何不知幾

同前

餐蚕爲素絲葉盡蚕不老傾筐對林樹此意向誰道一女不得織萬夫受其寒一夫不得意四海行路難禍亦不在大福亦不在先世路險孟門吾從當勉旃

從作徒

中興間氣集卷之上

# 中興間氣集卷之下

渤海高仲武集

## 郎士元

員外河嶽英奇人倫秀異自家形國遂擁大名右丞以往與錢更長自丞相已下更出作牧二公無詩祖餞時論鄙之兩君體調大抵欲同就中郎公稍更閑雅近於康樂如荒城背流水遠雁入寒雲去鳥不知倦遠帆生暮愁又蕭條夜靜邊風吹獨倚營門向秋月可以齊衡古人掩映時輩又

暮蟬不可聽，落葉豈堪聞。古謂謝朓工於發端，比之於今，有慚沮矣。

送楊中丞和蕃

錦車登隴日，邊草正萋萋。舊好隨君長，新愁聽鼓鼙。河源飛鳥外，雪嶺大荒西。漢壘今猶在，遥知路不迷。

送奚賈歸吳

東南富春渚，曾是謝公遊。今日奚生去，新安江正秋。水容清過客，楓葉落行舟。遥想赤亭下，聞猿應夜愁。

别鄭礒

暮蟬不可聽落葉豈堪聞自是悲秋客那能此路分荒城背流水遠雁入寒雲陶令東籬菊餘花可贈君

送長沙韋明府之縣

秋入長沙縣蕭條旅宦心烟波連桂水官舍映楓林雲日楚山暮沙汀白鷺深遥知訟堂裏佳政在鳴琴

送洪州李别駕之任

南去秋江遠孤舟興自多能將流水引更入洞

庭波夏口帆初上潯陽雁正過知音在霄漢佐郡豈蹉跎

送裵補闕入河東幕

皎然青瑣客何事動行軒苦節酬知己清吟去掖垣秋城臨海樹寒月上營門鄒魯詩書地應無鼙鼓喧

春日宴張舍人宅

嬾尋芳草徑來接侍臣筵山色知殘雨牆陰覺暮天鶯歸漢宮柳花隱杜陵烟地與東城接春光醉目前

送陸[illegible]員外赴潮州

含香臺上客，剖竹海邊州。楚驛多歸信，閩溪足亂流。今朝永嘉後，重見謝公遊。

送王棼流雷州

昨日三峰尉，今朝萬里人。平生任孤直，豈是不防身。海霧多爲瘴，山雷乍作鄰。遥憐北囱月，與子獨相親。

題劉相公三湘圖

昔歲別衡霍，遡來憶南州。今朝平津邸，兼得瀟相逢背辭郎明討，依然芳杜洲。徵明一作三巴

峴咫尺萬里流去鳥不知倦遠帆生暮愁滄陽指天末北渚空悠悠桅上見漁父坐中常狎鷗誰言魏闕下自有東山幽

送孫侍郎往容府宣慰

春原獨立望湘川擊隼南飛上楚天奉詔不言空問俗清時因得訪遺賢荊門曉色兼梅雨桂水春風過驛船疇昔嘗聞陸賈說故人今日豈徒然

塞下曲

寶刀塞上兒身經百戰曾百勝壯心竟未嫖姚

知。白車山頭日初没。黄沙戍下悲歌發。蕭條夜

靜邊風吹。獨倚營門向秋月。

崔峒

崔拾遺文彩炳然。意思方雅。如清磬渡山

翠。閑雲來竹房。又。流水聲中視公事。寒山

影裏見人家。斯亦披沙揀金。往往見寶。

春日憶姚氏外甥

離亂人相失。春秋雁自飛。秪緣行路遠。未必寄

書希。二月花無數。頻年意有違。落暉看過後。獨

坐淚沾衣

題崇福寺禪師院

僧家竟何事，掃地與焚香。清磬度山翠，閑雲來竹房。身心塵外遠，歲月坐中忘。向晚禪堂掩，無人空夕陽。

江上書懷

骨肉天涯别，江山日落時。淚流襟上血，髮變鏡中絲。胡越書難到，存亡夢豈知。登高回首罷，形影自相隨。

送薛良友往越州謁從叔

辭家日已久，與子分仍深。易得思鄉淚，難爲欲

別心孤雲隨浦口幾日到山陰遥想蘭亭下清
風滿竹林

送貞上人還蘭若

得道雲林久年深暫一歸出山逢世亂乞食覺
人希半偈初傳法中峰又掩扉愛憎應不染塵
俗自依依

送丘二十二歸蘇州

積水與寒烟嘉禾路幾千孤猿鳴海嶠群雁起
湖田曾見長洲苑嘗聞大雅篇卻將封事去知
爾得閒眠

初拜命後酬丘二十二見贈

江海久垂綸，朝衣忽挂身。丹墀方謁帝，白髮免羞人。才傑文章士，名當諫爭臣。空餘薦賢分，不敢負交親。

題桐廬李明府官舍

訟堂寂寂對烟霞，五柳門前晚聚鵶。流水聲中視公事，寒山影裏見人家。移風共美新爲政，計日還知更觸邪。郤憶陶潜無限酒，不逢籬菊便開花。

清江曲內一絕折腰躰

八月長江去浪平。片帆一道帶風輕。極目不分
天水色。南山南是岳陽城。

張繼

貟外累代詞伯。積習弓裘。其於爲文。不雕
自飾。及爾登第。秀發當時。詩體清迴。有道
者風。如女停襄邑。杼農廢。汝陽畊。可謂事
理雙切。又火燎原猶熱。風揺海未平。比興
深矣。

送判官往陳留

齊宋分巡也。頃年比用兵。女停襄邑杼。農廢汶

陽明傍老乘軺去諸藩擁節迎游仁佐君子薄
賦血鄱黎眊火燎原猶熱風搖海未平應將否泰
理一問魯諸生

感懷

調與時人背心將靜者論終年帝城裏不識五
侯門

夜泊松江

月落烏啼霜滿天江楓漁火對愁眠姑蘇城外
寒山寺夜半鍾聲到客船

劉長卿

長卿有吏幹，剛而犯上，兩遭遷謫，皆自取
之。詩體雖不新奇，甚能鍊飾，大抵十首已
上語意稍同，於落句尤甚，思銳才窄也。如
草色加湖緑，松聲小雪寒；又沙鷗驚小吏，
湖色上高枝；又細雨濕衣看不見，閑花落
地聽無聲。裁長補短，蓋絲之類歟。其得罪
風霜，苦全生天地，仁可謂傷而不怨，亦足
以發揮風雅矣。

題崔公庭竹

下學渭南蘭芷，衣上得宣蒙龍氏晁過書畫卷

簷看得地移根遠經霜抱節難開花成鳳實嫩
筍長漁竿謁謁軍容靜蕭蕭郡宇寬細音和角
響疎影上門寒阮巷何人在梁園幾處殘空餘
軒屏側歲晚對一作伴任安

送朱山人越州賊退歸山陰别業

越中初戰罷江上送歸橈南渡無來客西陵自
落潮空城垂故柳舊業廢春苗閭里誰相見鶯
花共寂寥

讁至于越亭作

天南愁望絶亭上柳條新落日獨歸鳥孤舟何

處人生涯投嶺徼世業陷邊塵江入千峰暮花
迎百越春秦臺憐白首楚水怨青蘋草色無征
路鶯聲傍逐臣獨醒翻引笑直道不容身得罪
風霜苦全生天地仁青山數行淚滄海一窮鱗
牢落機心盡空憐鷗鳥親

陪鄭中丞林園宴

心遠親魚鳥功成厭鼓鼙林中阮家醉池上謝
公題門徑蒼苔合窻陰綠篠低夕陽山向背秋
草水東西舊架懸藤老疎籬插槿齊風烟不可
到雁長式奚

送張繼言直遊越

時危身適越，事往任浮沉。萬里江山去，孤舟百戰心。春風吳渚緑，古木剡山深。明月滄州路，歸雲不可尋。

送駱三少府西山應制

汀洲芳草緑，日暮更芬芬。舊國無來信，春江獨送君。五言凌白雪，六翮向青雲。自是無機者，沙鷗已可羣。

送李中丞之襄州

流落征南將，曾驅十萬師。罷歸無舊業，老去戀

明時獨立三邊靜輕生一劍知茫茫漢江上日暮欲何之

題鄭山人幽居（一作寂寂孤鶯啼杏園　寥寥一犬吠桃源）

白首深藏谷口村春山犬吠武陵原落花芳草無行處萬壑千峰獨閉門

送郎士元

春風倚棹闔閭城水國春深陰復晴細雨濕衣看不見閑花落地聽無聲日斜江上孤帆影草綠湖南萬里程東道若逢相識問青袍今日誤儒生

倶作雌

李季蘭

士有百行女唯四德季蘭則不然形氣既雄詩意亦蕩自鮑昭以下罕有其倫如遠水浮仙棹寒星伴使車盖五言之佳境也上倣班姬則不足下比韓英則有餘不以遲暮亦一俊媼

湖上臥病喜陸鴻漸至

昔去繁霜月今來苦霧時相逢仍卧病欲語淚先垂強勸陶家酒還吟謝客詩偶然成一醉此外更何之

倣作傚

寄校書七兄

無事烏程縣，蹉跎歲月餘。不知芸閣吏，寂寞竟何如。遠水浮仙棹，寒星伴使車。因過大雷岸，莫忘幾行書。

寄朱放

望水試登山，山高湖又闊。相思無曉夕，相望經年月。鬱鬱山木榮，綿綿野花發。別後無限情，相逢一時說。

送韓揆之江西

相看指楊柳，別恨轉依依。萬里江西水，孤舟何

處歸湓城潮不到夏口信應稀唯有衡陽雁年年來去飛

道意寄崔侍郎

莫漫戀浮名應須薄宦情百年齊旦暮前事盡虛盈愁鬢行看白童顏學未成無過天竺國依止古先生

賦得三峽流泉歌

妾家本住巫山雲巫山流泉常自聞玉琴奏出轉寥夐直似當時夢裏聽三峽迢迢幾千里一時流入幽閨裏巨石崩崖指下生飛泉走浪絃

故

中起初疑憤怒含雷風又似嗚咽流不通回湍
曲瀨勢將盡時復滴瀝平沙中憶昔阮公爲此
曲能令仲容聽不足一彈既罷還一彈願似流
泉鎮相續

竇參

竇君詩亦祖沈千運比於孟雲卿尚在廊
廡間如萬丈水聲落四時松色寒又人生
年幾齊憂苦亦先老雖其羽翼未齊而筋
骨已具

闕苦胡上

遊[illegible]

所窺飛鳥口銜食引雛上高枝但各子其子寧知宜不宜止止復何言物情方可知

登潛山觀

山勢欲相抱一條微徑盤攀蘿歇復行始得凌仙壇闃道葛天子此中鍊還丹丹成五色光服之生羽翰靈草空自綠餘霞誰復飡至今步虛處猶有孤飛鸞幽幽古殿門下壓浮雲端萬丈水聲落四時松色寒既入無何鄉轉嫌人事難終當遠塵俗高卧從所安

遷謫江表久未歸

一自經放逐，徘徊無所從。便爲寒山雲，不得隨飛龍。名豈不欲保，歸豈不欲早。苦無三月資，遠適萬里道。離心與羈思，終日若草草。人生年幾齊，憂苦亦先老。誰能假羽翼，使我暢懷抱。

道人靈一

自齊梁以來，道人工文多矣，罕有入其流者。一公乃能刻意精妙，與士大夫更唱迭和，不其偉歟。如泉涌堦前地，雲生戸外峰，則道猷、寶月曾何及也。

酬皇甫冉赴無錫於雲門寺贈詩別

湖南通古寺，來往意無涯。欲識雲門路，千峰到若耶。春山子猷宅，古木謝敷家。自可長偕隱，那云相去賒。

宿靈洞觀

石室因投宿，仙翁幸見容。花原隔水見，洞府過山逢。泉涌堦前地，雲生户外峰。中宵自入定，非是欲降龍。

靜林寺即武帝隱所，有鐘磬皆古物，時時有聲靜林溪路遠，蕭帝有遺蹤。水擊羅浮磬，山鳴于闐鍾。燈傳三世火，樹老萬株松。無數烟霞色，空聞昔臥龍。

雨後欲尋天目山，問元駱二公溪路，絶句

昨夜雲生天井東，春山一雨幾回風。林花併逐溪流下，欲上龍池通不通。

姚倫

姚子詩雖未弘深，去凡已遠，屬辭比事，不失天[illegible]。如孔[illegible]十

之秀也

感秋林

試向東林望，方悲節候殊。亂聲千葉下，寒影一巢孤。不蔽秋天雁，驚飛夜月烏。霜風與春日，幾度遣榮枯。

過章秀才客舍

達人心自適，旅舍當閑居。不出來時徑，重看讀了書。晚嵐山色近，秋日樹陰疏。盡是忘言客，聽君誦子虛。

皇甫曾

昔孟陽之與景陽詩德遠慙厥弟協居上品載處下流今侍御之與補闕文辭亦爾體制清潔華不勝文然寒生五湖道春及萬年枝五言之選也其爲士林所尚宜哉

送雲門邑上人

春山臨一室獨坐草萋萋身寂心成道花閑鳥自啼細泉松逕裹及照竹林西晚與門人別依依出虎溪

送林中丞還京

戦罷回龍節朝天見鳳池寒生五湖道春及萬

年杉召化多遺愛故清巳畏知懷恩多息别墜

淚向旌旗

贈别筌公

律儀傳教誘僧臘老烟霄樹色依禪誦泉聲入

寂寥龕龍來遠國画壁見南朝深户風開合寒

泉月對搓息心居静理愛定至中宵更欲尋眞

去乗船泛海潮

送杜中丞還京

上将還專席雙旌復出秦關河三晋路賔從五

原人孤戍雲連海平沙雪度春酬恩看玉劍何

處有烟壺

早朝日寄所知

長安歲後見歸鴻紫禁朝天拜舞同曙色漸分雙闕下漏聲遥在百花中爐烟乍起開仙仗玉珮成行引上公共荷發生同雨露不應黄葉久從風

鄭常

常省静婉靡雖未洪深已入文流如儒衣荷葉老野飯藥苗肥翩翩然有士氣又得道非真相頭陀是苦心直入禪定矣故録

無如儒以下十二字　無又得已下十六字

之

寄邢逸人

羡君無外事，日與世情違。地僻人難到，谿深鳥自飛。儒衣荷葉老，野飯藥苗肥。若問湖邊意，而今憶共歸。

送頭陁赴廬山寺

僧家無住着，早晚出東林。得道非真相，頭陁是苦心。持齋山果熟，倚錫野雲深。溪寺誰相待，香花與梵音。

謫居漢陽白沙口阻雨因題驛亭

漢陽無遠近。見說過溫城。雲雨經春客。江山幾日程。終隨鷗鳥去。秪待海潮生。前路逢漢女。多愁問姓名。

孟雲卿

孟君詩祖述沈千運。賊中十首。又漢儀陳拾遺諷氣傷嗟。怨者之流。如虜駒不相食。哀哉人食人。方于七哀路有飢婦人抱子弃草間。則雲卿深矣。雖較之于陳沈纔能升堂。猶未入室。然當今古調無出其右者。一時之英也。余感君生平好古。著格律門論及譜二篇。以揖其體統。

鄴城懷古

朝發淇水南。將尋北燕路。魏家舊城闕。寥落無人主。伊昔天地屯。曹公獨中處。羣雄將北向。

昔作古

日忽西暮三臺竟寂寥萬世與長固雄豪安在
哉衰草沾霜露崔嵬長河北尚見應劉墓古樹
藏龍蛇荒茅伏狐兔永懐故池館數子連章句
逸興驅山河雄詞變雲霧我行覩遺跡精爽如
相遇斗酒將酹君悲風白楊樹

傷情

爲長心易憂早孤意常傷出門先躊躇入戶亦
彷徨此生一何苦前事安可忘兄弟先我沒孤
幼盈我傍舊居近東南河水新爲梁松栢今在
玆安忍思故鄉四時與日月萬物各有常秋風

已一起草木無一不霜行行當自勉不忍再思量

傷時

徘徊宋郊上不見平生親獨立正傷心悲風來
孟津大方載羣物生死有常倫虎豹不相食哀
哉人食人豈伊逢世運天道亮云云

同前

大空流素月三五何明明光耀侵白日賢愚迷
至精四時更變化天道有虧盈常恐今夜没須
臾還復生

西蜀劉巒

出塞曲

將軍在重圍音信絕不通羽書如流星飛入甘泉宮倚是并州兒少年心膽雄一朝隨召募百戰爭王公去年桑乾北今年桑乾東死是征人死功是將軍功汗馬牧秋月疲卒臥霜風仍聞左賢王更欲圍雲中

虹縣嚴孝子墓

至性敎不及因心天所資禮聞三年喪汝獨終身期下布骨肉恩上報父母慈禮聞哭有卒汝獨哀無時前有松柏林荊棘結蒙籠墓門白日

閑泣血黃泉中草服蔽枯骨垢容載飛蓬舉聲
哭蒼天萬木皆悲風

李陵別蘇武

漢武愛邊功李陵提步卒轉戰單于庭身隨漢
軍没李陵不愛死心存歸漢闕誓欲還國恩不
爲匈奴屈身辱家已無長居狼虎窟胡天無春
風虜地多積雪窮陰愁殺人况與蘇武別發聲
天地哀執手肺腸絶白日爲我愁陰雲爲我結
生爲漢宫臣死爲胡地骨萬里長相思終身望
南月

雲南曲

百蠻亂南方，羣盜如蝟起。騷然疲中原，征戰從此始。白門大和城，來往一萬里。去者無全生，十人九人死。岱馬卧陽山，燕兵哭瀘水。妻行求死夫，父行求死子。蒼天滿愁雲，白骨積空壘。哀哀雲南行，十萬同已矣。

張南史

張君弈碁者，中歲感激，苦節學文，數載閒稍入詩境，如已被秋風，散憶鱠，更聞寒雨勸飛觴，可謂物理俱美，情致兼深。

送朱文北遊

歲暮欲爲别江湖聊自寬且無人事戀誰謂客行難郢曲憐公子吳州憶伯鸞蒼蒼遠山際松栢獨宜寒

陸勝宅秋雨中探韻同作

同人永日自相將深竹閑園偶辟强已被秋風教憶鱠更聞寒雨勸飛觴歸心莫問三江水旅服從沾九日霜醉裏欲尋騎馬路蕭條幾處有垂楊

送司空十四遊宋州

危城下蕭條送爾歸寒風鬨畫角暮雪犯
征衣道里猶成問親朋重與違白雲愁欲斷看
大梁飛

崇禎己卯春中浔趙玄度抄宋本較增
于空居閣

中興間氣集卷之下　終

嘉慶癸亥秋得一抄本手與馮校本大同而小異因
用墨筆手校一過然卷中先有墨筆校者
故每遇校處鈐汪良印章別之所最異者李
嘉祐末一首及戴叔倫之或作七首或作二首
耳　蕘翁黃丕烈記

幽吉堂是錢頤仲藏書處頤仲名孫艾履之之次子求赤之弟年
僅二十而卒馮已蒼懷舊集稱其喜誦讀每與人通假鈔録朱黄兩
毫不去手黄蕘圃於嘉慶甲戌見校宋本嘉祐新集有錢求赤跋
語乃知頤仲与求赤爲兄弟行又見幽吉堂鈔本張子野詞蕘翁
後記蓋蕘翁得此書時尚未知幽吉堂爲何許人也戊辰二月在
未殘棠頤見此書有幽吉堂印因記之萬文萼健

# 中興間氣集

國家圖書館藏清初汲古閣影宋抄本

唐中興閒氣集序

渤　海　高　仲武　述

詩人之作本之於心心有所感而形於言言合典謨則列於風雅暨乎梁昭明載述已往撰集者數家推其風流正聲最備其餘著録或未至焉何者英華失於浮游玉臺陷於淫靡珠英但紀朝士丹陽止録吴人此由曲學專門何暇兼包衆善使夫大雅君子所以對卷而長歎也唐興一百七十載屬方隅叛涣戎事紛紜業文之人述作中廢粵若

肅宗先帝以殷憂啓聖反正中原伏惟
皇帝以出震繼明保安區宇國風雅頌蔚然復
興所謂文明御時上以化下者也仲武不揆菲
陋輒罄謏聞慱訪詞林採察謡俗起自至德元
首終于大曆暮年述者（一作作）二十六人詩揔一
百三十四首分爲兩卷七言附之略敘品彚人
倫命曰中興間氣集且夫微言雖絶大制猶存
詳其否臧尚可擬議古之作者因事造端敷弘
體要立義以全其制因文以寄其心著王政之
興衰表國風之善否豈其苟恱權右取媚薄俗

哉今之所收殆革前弊但使體狀風雅理致清
新觀者易心聽者竦耳則朝野通取一作載格律
兼收自鄶已下非所敢隸焉凡百君子幸詳至
公

鄭丹 二　李希仲 二　李嘉祐 八
章八元 二　戴叔倫 二　皇甫冉 十三
杜誦 一　朱灣 八　韓翃 七
蘇渙 三　郎士元 十二　崔峒 九
張繼 三　劉長卿 九　李季蘭 六
竇叅 三　靈一 四　張南史 三
姚倫 二　皇甫曾 五　鄭常 三
孟雲卿 六　劉灣 四

# 唐中興間氣集卷上

## 錢起十二首

員外詩體格新奇理致清贍（一作澹）越從登第挺冠詞林文宗右丞許以高格右丞歿後員外爲雄救（一作芟）宋齊之浮游削梁陳之靡嫚迥然獨立莫之與羣且如鳥道挂踈雨人家殘夕陽又牛羊上山小煙火隔雲深又長樂鐘聲花外盡龍池柳色雨中深皆特出意表標準古今又窮達戀明主耕桑亦近郊則禮

奉送劉相公催轉運

國用資戎事臣勞爲主憂將徵任土貢更發濟川舟擁傳星還去迴（一作過）池鳳不留唯高飲冰節稍淺別家愁落葉淮邊雨孤山海上秋遥知謝公興微月在高（一作江）樓

裴迪書齋翫月之作

夜來詩酒興月上謝公樓影閑重門靜寒生獨樹秋鵲驚隨葉散螢遠入煙流今夕遥天末清輝幾處愁

廣德初　鑾駕出關後愁望之作

愁看秦川色慘慘雲景晦乾坤暫運行品物遺覆載黄塵漲戎馬紫氣隨龍旆掩泣指關東日月祅氛外臣心寄遠水潮海去如帶周德更休明天衢佇開泰

太子李舍人城中别業與二三文士逃暑

下車失炎暑重門深緑篁宫臣禮嘉客林表開蘭堂兹席興難盡澄罍照墨場鮮風吹印綬密[illegible]

妨林日起何長鳥道[illegible]雨人家夕陽[illegible]

擁歸騎留酌戀瓊芳

詠白油帽送客

薄質慙加首微陰幸庇身卷舒無定日行止必依人已沐脂膏惠寧辭雨露頻雖同客衣色不染洛陽塵

東皐早春寄郎四校書

禄微賴學稼歲起歸衡茆窮達戀明主耕桑亦近郊夜來霽山雪陽氣動林梢萌蕙煖初吐春鳩鳴欲巢蓬萊時入夢知子憶貧交

闕下贈裴舍人

春城紫陌曉陰陰，二月黄鶯飛上林。長樂鐘聲花外盡，龍池柳色雨中深。陽和不散窮途恨，霄漢長懸捧日心。獻賦十年猶未遇，羞將白髮對一作華簪。

送温逸人

垂白無名者，何年此陸沉。丘園應得性，婚嫁不嬰心。歲計因山薄，霞栖在谷深。結廬一作設連草色，曬藥背松陰。觸興雲生岫，隨耕鳥下林。支頤終來客，頂上有明簷

抱琴爲傲吏孤棹復南行幾度秋江水皆添白
雪聲佳期來客夢幽思緩王程佐牧無勞問心
和政自平

宿畢侍御宅

交情貧更好子有古人風晤語清霜裏平生苦
節同心惟二仲合室乃一瓢空落葉寄秋菊愁
雲低夜鴻薄寒燈影外殘漏雨聲中明發南昌
去迴瞻御史驄

靜夜訓通上人問疾

東林生早涼高枕遠公房大士看心後中宵清興長鷩蟬出暗柳微月隱迴廊何幸沉痾乆含毫問藥王

山中寄時校書

蓬萊仙子温如玉唯予知爾陽春曲别來幾日芳蓀緑百花滿眼不見君青山一望心斷續

張衆甫三首

衆甫詩婉媚綺錯巧用文字工於興喻如不隨淮海變空媿稻糧恩盡陳謝之源又自當

時我路應聲律文人尋風雅之要終含禮義

詠鶴上輿元劉相公

馴狎經時久㩳褷短翮存不隨淮海變空媿稻糧恩獨立秋天靜單棲夕露繁欲飛還斂翼異詎敢望乘軒

送李觀之宣州謁袁中丞得三州渡

古渡大江濵西南距要津自當舟檝路應濟往來人飈浪驚飛鳥迴風起緑蘋君看波上客歲晚獨垂綸

送李司直使 得家花斜沙依次用

使君方擁傳王事遠辭家震澤逢殘雨新豐遇
一作過落花水萍千葉散風柳萬條斜何處看離
恨春江無限沙

于良史二首

侍御詩體清雅工於形似如風兼殘雪起河
帶斷冰流吟之未終皎然在目

冬日野望長安寄李賛府

地際朝陽滿天邊宿霧收風兼殘雪起河帶斷
冰流北闕馳心極南圖尚旅遊登臨思不已何

隱几讀黄老閑齋耳目清僻居人事少多病道心生雨洗山林濕（一作林花濕）蛙鳴池館晴褰簾暮煙起殘日上高城

鄭丹二首

丹詩翦刻婉密寶曆中獻二帝兩后挽歌三十首詞旨哀楚得臣子之致雖不及事朝廷嘉之解褐任蘄州録事叅軍今選尤者列於此集

玄宗至道大聖大明孝皇帝挽歌

律曆千齡會車書萬里同固期常戴日豈謂一作爲猷觀風地慘新壃理城摧舊戰攻山河寧不壯今夕一作昔盡皆空

肅宗文明武德大聖大寧孝皇帝挽歌

國以重明受天從諒闇一作暗移諸侯方北面白日又一作忽西馳龍影當泉落鴻名向廟垂永言青史上還是載無爲

李希仲二首

希仲詩輕靡華勝於質此所謂才力不足務

東皇太一詞

吉日初齋戒靈巫穆上皇焚香布瑤席鳴珮眞椒漿緩舞花飛滿清歌水去長迴波送神曲雲雨過瀟湘

薊北行

旄頭有精芒胡騎獵秋草羽檄南渡河邊庭用兵早漢家愛征戰宿將今已老辛苦羽林兒從戎榆關道一身救邊速烽火連薊門前軍鳥飛斷格鬬塵沙昏（一作沙塲皆）寒日（一作入）鼓聲急單于

将夜奔當復一作須徇忠節一作義身死報國恩

李嘉祐八首

袁州自振藻天朝大㸃芳譽中興高流也與錢郎別爲一體往往涉於齊梁綺靡婉麗吳均何遜之敵也如野渡花爭發春塘水亂流又朝霞晴作雨濕氣晚生寒文華之冠冕也又禪心超忍辱梵語問多羅設使許詢更生孫綽復在窮思極筆未到此境

發湓浦望廬山作時初晴直省賁勅催赴江陰

西望香爐雪千峯晚照新[illegible]

偕人多負登山[illegible]

版日相親

送王牧吉州謁使君叔

細草緑汀洲王孫耐薄遊年華初冠帶文體一作彩舊弓裘野渡花爭發春塘水亂流使君憐小阮應念倚門愁

潤州揚別駕宅送蔣九侍御收兵歸揚州

沴氣清金虎兵威壯鐵冠揚旌川一作天色瞑吹角水風一作聲寒人對輜軿醉花看睥睨殘羨歸

丞相府空望舊雕欄

奉陪韋潤州遊鶴林寺

野寺江城近雙旌五馬過禪心超忍辱梵語問多羅松竹閑僧老雲煙晚日和寒塘歸路轉清磬隔微波

仲夏江陰官舍寄裴明府

萬室邊江次孤城對海安朝霞晴作雨濕氣晚生寒苔色侵衣袂潮痕上井欄題書招茂宰思爾欲辭官

奉送韋員外宣慰勸農畢赴洪州幕

聖主臨前殿虜憂近侍臣氣近天語喜臣發上
膏春草色催歸棹鶯啼爲送人龍沙多道里流
水自相親

登楚城驛路十里村竹林相次交映

十里山村道千峯櫟樹林一作驛樹陰霜濃竹枝亞
歲晚荻花深草市多樵客漁家足水禽幽居雖
可羡無柰子牟心

送從弟永任饒州録事參軍

一官萬里向千溪水宿山行漁浦西日晚長煙
高岸一作嶺近天寒積雪遠峯低蘆花渚上鴻相

叫苦竹叢（一作橋）邊猿暗啼聞道慈親倚門待（一作望）到時蘭葉正萋萋

章八元二首

八元嘗於郵亭偶題數言蓋激楚之音也會稽嚴維到驛問八元曰爾能從我學詩乎曰能少頃遂發八元已辭家維大異（一作賢）之遂親指喻數年詞賦擢第如雪晴山脊見沙淺浪痕交此得江山之狀貌極矣

新安江行

江源南去永野[illegible]（一作[illegible]）[illegible]

[illegible]愧

無媒者逢人作解嘲

寄都官李郎中

舊宅平津邸槐陰低漢宫鳴騶馳道上見月直
廬中白雪歌偏麗青雲宦早通悠然一縫掖千
里恨清風

戴叔倫二首

叔倫之爲人温雅善舉止無賢與不肖見皆
盡心在租庸幕下數年夕惕靡怠吏部尚書
劉公與祠部員外郎張繼書博訪選材日揖

對賓客如叔倫者一見稱心其詩體格雖不越中然廨宇經山火公田没海潮亦指事造形其骨氣稍軟故詩家少之

送謝夷甫宰剡縣

君去方爲縣兵戈尚未銷邑中殘老小亂後少官寮廨宇經山火公田没海潮到時應變俗新譽一作政滿餘姚

廣陵送趙主簿自蜀歸絳州覲省

將歸之一作汾水上遠自錦城來已泛西江盡仍

[illegible]

[illegible]

皇甫冉十三首

補闕自擢桂禮闈遂爲高格往以世道艱虞避地江外每文章一到朝廷而作者變色於詞場爲先後推錢爲宗伯詩家勝負或逐鹿中原如果熟任霜封籬踈從水渡又褭露收新稼迎寒葺舊廬又燕知社日辝巢去菊爲重陽冒雨開可以雄視潘張平揖沈謝又巫山詩終篇奇麗自晉宋齊梁陳隋巳來採掇珍奇者無數而補闕獨獲驪珠使前賢失步

後輩却立自非天假何以逮斯恨長轡未騁
芳蘭早凋悲夫

送王相公赴幽州

自昔蕭曹任難兼衛霍功勤勞無遠近旌節屢
西東不選三河卒還令萬里通鴈行緣古塞馬
鬣起長風遮虜關山靜防秋鼓角雄徒思一攀

送高䑸病老一作華門中

題許先生新園一作題裴固新園

東郭訪先生西郊尋隱路久爲江南客自有雲
陽樹[illegible]

杖青山暮果熟任霜封籬跡從水渡窮年無牽綴往事惜淪惧唯見耦耕人朝朝自來去

詶裴補闕中天寺見寄

東林初結社已有晚鐘聲窻户皆流水房廊半架城遠山重疊見芳草淺深生每與君擕手多煩長老迎

酬崔侍御期蘇道士不至兼見寄

一心求妙道幾歲候真師丹竈今何處白雲無定期崑崙煙景絶汗漫往還遲君但焚香待人間到有時

巫山高

巫峽見巴東迢迢出半空雲藏神女館雨到楚王宮朝暮泉聲落寒暄樹色同青猿不可聽偏在九秋一作霄中

和袁郎中破賊後經剡中山水

武庫分帷幄儒衣事鼓鼙兵連越徼外寇盡海氛一作門西節比全疏勒功當雪會稽旌旗迴一作過剡嶺士馬濯耶溪受律梅初發班師草未齊行看佩侯印豈得訪丹梯

送元晟還替山

深山秋興早君去復何如高露收新稼迎寒葺舊廬題詩即招隱作賦是閑居別後空相（一作遙）憶嵇康懶寄書

和獨孤中丞筵餞韋使君赴昇州

中司龍節貴上客虎符新地控吳襟帶才高漢搢紳泛舟應度臘入境便行春何處歌來暮長江建業人

同杜相公對山僧作

吏散重門掩僧來閑復關遠心馳北闕春興寄東山草長風光裏鶯啼默寂間芳晨不可駐惆

帳暮禽還

送裴貟外往江南幕

分務江南遠留歡幕下榮楓林違楚塞水驛到湓城岸草知春晚沙禽好夜驚風帆幾度泊處暮潮聲

送李録事赴饒州

北人南去雪紛紛鴈叫沙洲不可聞積水長天隨遠客荒林極浦足寒雲山從建業千峯起江至一作到潯陽九派分借問督郵纔弱冠府中年少不知君

秋日[illegible]村作

閑看秋水心無事卧對聽一作寒松手自裁廬岳高僧留偈别茅山道士寄書來燕知社日辭巢去菊爲重陽冒雨開淺薄將何稱獻納臨岐終日自遲迴

少室山韋練師昇仙歌

紅霞紫氣晝氤氲絳節青童迎少君忽從林下昇仙天一作去空使時人禮白雲

杜誦一首

杜君詩平調不失文流如流水生涯盡浮雲

世事空得生民終始之理故編於是集

哭長孫侍御

道爲詩書重名因賦頌雄禮闈曾擢桂憲府近一作屢乗驄流水生涯盡浮雲世事空唯餘舊臺柏蕭瑟九原中

朱灣八首

朱君率履貞素放情一作曠江湖郡國交徵潛耀不起有唐高人也詩體清一作幽遠興用弘深因詞寫意窮理盡性於詠物尤工如受氣可謂幽閒之獨步雖所謂哀而不傷國風之

深也

對蘇使君席詠箏柱子

散木今何幸良工不棄捐力微慙一柱材薄仰羣賢但願一作且喜聲相應寧辭跡屢遷知音如見賞雅調爲君傳

秋夜宴王郎中宅賦得寒菊時字

衆芳春競發寒菊露偏滋受氣何曾異開花獨自遲晚成猶有分欲采未過時忍棄東籬下看隨秋草衰

韋使君席詠拗籠籌得茲字得茲字

幸得陪罇俎良籌復在茲獻酬君有禮賞罰我無私莫怪斜相向還將正自持一朝權入手看取令行時

詠雙陸骰子

受采應緣白鑽心不爲名掌中猶可重手下莫言輕有對唯求敵無私直任爭君看一擲後當取擅場聲

詠壁上未開酒杓呈蕭明府

不是難提挈行藏固有期安身未得所開口欲從誰應物心無倦當壚柄會持莫將成廢器還

詠三

獻玉屢招疑終朝省復思既哀黃鳥興還復白圭詩請益先求友將行必擇師誰知不鳴者獨下仲舒帷

送陳偃賦得白鳥翔翠微

不知鷗與鶴天畔弄晴暉背日分明見臨川相映微淨中雲一點過（一作迴）去雪孤飛正好南枝住翩翩何所歸

題遐上人院壁畫古松歌

石上盤古根謂言天然朽一作天生有安知草木性
變在畫師手陰森一作深方丈間真趣幽且閑木
紋離披勢槎枿中裂空心火燒出掃成三寸五
寸枝便是一作作千年萬年物莓苔濃淡色不同
一半一作面死皮藏蠹蟲風霜未必來到此氣色
要一作杳似寒山中孤標可翫不可取能使支公
道場古

韓翃七首

韓翃負外詩匠意近於史興致繁富一篇一

簾看雪卷深户映花關方之前載芙蓉出水未足多也其比興深於劉貟外筋節成於皇甫冉也

送辰州李中丞

白羽逐青絲翩翩南下時巴人迎道路蠻帥引旌旗暮雨山開少秋江葉落遲功成冀他日應見竹郎祠

題薦福寺衡岳禪師房得開字

春城乞食還高論此中閑僧臘堦前樹禪心江

上山踈簾看雪卷深户映花關晚送門人出鐘聲宵靄閒

奉送王相公赴幽州

黄閤開帷幄丹墀侍冕旒位髙湯左相權揔漢諸侯不改周南化仍分趙北憂雙旌過易水千騎入幽州塞草連天暮邊風動地秋無因陪遠道結束佩吳鈎

題蘇許二公林亭得詩字

平津東閤在别是竹林期萬葉秋聲裏千家落

虞傑然又賦詩

送孫華及第後歸江南

過淮芳草歇千里又東歸野水吳山出家林越鳥飛荷香隨去棹梅雨濕一作點征衣無數滄洲客如君達者稀

題僧房

披衣聞客至關鑰一作鎖此時開鳴磬夕陽盡卷簾秋氣一作色來名香連竹徑清梵出花臺身在心無住一作事他方到幾迴

送太常元博士歸潤州

渡江秋色裏一作秋氣在詩興與歸心客路緣楓岸人家指一作掃橘林潮聲當晝起一作潮聲連北起山翠近南深幾日華陽洞寒花獨自尋

蘇渙三首

渙本不平者善放白弩巴中號曰白跖賓人患之以比莊蹻後自知非變節從學鄉賦擢第累遷至御史佐湖南幕崔中丞灌遇害渙遂踰嶺扇動哥舒跋扈交廣此猶蛟龍見血本質彰矣五年中作變體律詩十九首上廣州連帥李公勉其文意長於諷刺亦有陳拾

逆一鱗半甲故善之或曰此予左右學臣侵
敗王略今著其文可歟荅曰漢策載蒯通說
詞皇史録祖君彦檄書此大所以容細夫善
惡必書春秋至訓明言不廢孟子格言渙者
其殆庶幾乎豈但不可棄雕蟲亦以深懲賊
子也

變律詩

日月東西行不照大荒北其中有毒龍靈怪人
莫測開目爲晨光閉目爲夜色一開復一閉明
晦無休息居然六合内曠哉天地德天地且不

言世人浪喧喧

又

毒蜂一成窠高挂惡木枝行人百步外目動一作斷蒐亦飛長安大道旁一作邊挾彈誰家兒右手持金丸引滿無所疑一中紛下來勢若風雨隨身如萬箭攢宛轉迷所之徒有疾惡心奈何不知幾

又

養蠶爲素絲葉盡蠶不老傾筐對空林此意向

[illegible]

門吾徒當勉旃

唐中興間氣集卷上

唐中興閒氣集卷下

郎士元十二首

員外河岳英奇人倫秀異自家刑國遂擁大名右丞以往與錢更長自丞相已下出使作牧二君無詩祖餞時論鄙之兩君體調大抵欲同就中郎公稍更閑雅近於康樂如荒城背流水遠鴈入寒雲去鳥不知倦遠帆生暮愁又蕭條夜靜邊風吹獨倚營門向秋月可以齊衡古人掩映時輩又暮蟬不可聽落葉

[illegible]

送楊中丞和蕃

錦車（一作輪）登隴日，邊草正萋萋。舊好隨君長，新愁聽鼓鼙。河源飛鳥外，雪嶺大荒西。漢壘今猶在，遥知路不迷。

送奚賈歸吴

東南富春渚，曾是謝公遊。今日奚生去，新安江正秋。（一作流）水容清過客，楓葉落行舟。（一作霜葉伴行舟）遥想赤亭下，聞猿生（一作應）夜愁。

鄭儀宅送錢大

暮蟬不可聽落葉豈堪聞共是悲秋客那能此路分荒城背流水遠鴈入寒雲陶令東籬菊餘花可贈君

送韋明府之任長沙

秋入長沙縣蕭條旅官心煙波連桂水官舍映楓林雲日楚天山一作暮沙汀白露深遥知訟堂裏佳政在鳴琴

送彈琴李别駕之任洪州

南去秋江遠孤舟與自多能將流水引更入洞

[illegible]

送裴補闕入河南幕

皎然青瑣客何事動行軒昔節酬知己清吟去掖垣秋城臨海樹寒月上營門鄒魯詩書地應無鼙鼓喧

春日宴張舍人宅

嬾尋芳草徑來接侍臣筵山色知殘雨墻陰覺暮天鶯歸漢宮柳花隔一作隱杜陵煙地與東城接春光醉目前

送陸貟外赴潮州

含香臺上客剖竹海邊州楚驛多歸信閩溪足亂流今朝永嘉後重見謝公遊

送王棽流雷州

昨日三峯尉今朝萬里人平生任孤直豈是不防身海霧多爲瘴山雷乍作鄰遥憐北窻月與子獨相親

題劉相公三湘圖

昔歲别衡霍邇來憶南州今朝平津邸再得瀟湘遊稍辨郢門樹依然芳杜洲微月三巴峽咫

魏闕下自有東山幽

送孫侍郎往容府宣慰

秦原獨立望湘川擊隼南飛上楚天奉詔不言空問俗清時因得訪遺賢荊門晚色熏梅雨桂水春風過驛一作客船疇昔嘗聞陸賈説故人今日豈徒然

塞下曲

寶刀塞上兒身經百戰曾百勝壯心竟未嫖姚知白草山頭日初沒黃沙戍下悲歌發蕭條夜

靜邊風吹獨倚營門向秋月

崔峒九首

崔拾遺文彩炳然意思方雅如清磬渡山翠閑雲來竹房又流水聲中視公事寒山影裏見人家斯亦披砂揀金往往見寶

春日憶姚氏諸生

離亂人相失春秋鴈自飛秪應行路遠未必寄書稀二月花無數頻年意有違落暉看過盡獨坐淚霑衣

僧家竟何事掃地與焚香清磬度山翠閑雲來
竹房身心塵外遠歲月坐中忘一作長向晚禪堂
掩無人空夕陽

江山書懷

骨肉天涯別江山日落一作暮時淚流襟上血髮
變鏡中絲胡越書難到存亡夢豈知登高迴首
罷形影自相隨

送薛良友往越州謁從叔

辭家年一作日已久與子分仍一作偏深易得思鄉
淚難爲欲別心孤雲隨浦口幾日到山陰遥想

蘭亭下清風滿竹林

送貞上人還蘭若

得道雲林久一作下年深暫一歸出山逢世亂乞食覺人稀半偈初傳法中峯又掩扉離憂應不染塵俗自依依

送丘爲歸蘇州

積水與寒煙嘉禾路幾千孤猿鳴海嶠羣鴈起湖田曾是長洲苑嘗聞大雅篇却將封事去知爾得閑眠

刀手令洲丘丹二十一見贈

江海久垂綸乾坤忽挂身丹墀大詔帝白髮免
蓄人才媿文章士名當諫諍臣空餘薦賢分不
敢負交親

題桐廬一作同官李明府官舍

訟堂寂寂對煙霞五柳門前晚聚鴉一作晚鴉噪流
水聲中視公事寒山影裏見人家移風共美新
爲政計日還知更觸邪可惜陶潛無限酒不逢
籬菊正開花

同從季卿晴江極目

八月長江萬里晴千帆一道帶風輕極目不分

天水色南山南是岳陽城

張繼三首

貟外累代詞伯積襲弓裘其於爲文不雕自飾及爾登第秀發當時詩體清迥有道者風如女停襄邑杼農廢汶陽耕可謂事理雙切又火燎原猶熱風摇海未平應將否泰理一問魯諸生比興深矣

送鄒判官往陳留

齊宋分巡地頻年此用兵女停襄邑杼農廢汶陽耕國使乘軺去諸侯一作擁節迎梁園春草

否泰理一問魯諸生

夜宿松江

月落烏啼霜滿天江楓漁火對愁眠一作愁眼姑蘇城外寒山寺夜半鐘聲到客船

感懷

調與時人背心將靜者論終年帝城裏不識五侯門

劉長卿九首

長卿有吏幹剛而犯上兩度遷謫皆自取焉

詩體雖不新奇甚能鍊飾大抵九首巳上語意稍同於落句尤甚此其思鋭才窄也如草色無征路鶯聲傍逐臣又細雨濕衣看不見殘一作閑花滿地落無聲裁長補短蓋絲之微纇歟其得罪風霜苦全生天地仁可謂傷而不怨亦足以發揮風雅矣

奉和郭給謀題崔令公庭竹

不學媚清瀾能依上將壇蒙籠低晃過青翠卷簾看得地移根遠經霜抱節難細花成鳳實嫩

[illegible]

暮跡景上陽門　寒陂老　湘浦作人在梁園作
朝幾處殘空餘軒屏側歲晚對任安
送朱放山人越州賊退後歸山陰別業
越中初戰罷江上送歸橈南渡無來客西陵自落潮空城垂故柳舊業廢春苗閭里稀一作誰相見鶯花一作啼共寂寥
負讜後登干越亭作
天南愁望絕亭上柳條新落日獨歸鳥孤舟何處人生涯投嶺徼世業陷邊塵江入千峯暮花連百越春秦臺憐白首楚水怨青蘋草色無征

路鶯聲傍逐臣獨醒飜取笑直道不容身得罪
風霜苦全生天地仁青山兩行淚滄海一窮鱗
牢落機心盡 一作流落誰相識 空憐鷗鳥親

奉陪鄭中丞自宣州解印與諸子姪宴
餘干林園

心遠 一作意愜 親魚鳥功成猒鼓鼙林中阮家醉池
上謝公題門逕蒼苔合牕陰綠篠低 一作深巷行人少閑
門卧柳低 夕陽山向背秋草水東西舊架懸藤老踈
籬插槿齊風塵 一作煙 不可到誰羨武陵溪

時危身適趙一作赴敵事往任浮沉萬里三江客孤
城百戰心春風吴苑緑古木剡山深明月滄洲
路歸雲不可尋

送駱三少府西上應制

汀洲芳草緑日暮更氤氲舊國無來信春江獨
送君五言凌白雪六翮向青雲自媿無機者沙
鷗已可羣

送李中丞歸漢陽别業

流落征南將曾驅十萬師罷歸無舊業老去戀
明時獨立三邊静一作獨立三朝識輕生一劒知茫茫

漢江上日暮欲何之

送嚴鄭一作士元

春風倚棹闔閭城水國春深陰復晴細雨濕衣看不見殘花滿地落無聲日斜江上孤帆影草緑湖南萬里情東道若逢知己問一作相識問青袍今日一作已悞儒生

題鄭山人別業

白首深藏谷口村春山犬吠武陵源一作寂寂孤鶯啼杏園寥寥一犬吠桃源落花芳草無行一作尋處萬壑千峯獨奄一作閉門

李季蘭六首

士有百行女唯四德季蘭則不然也形氣既雄詩意亦蕩自鮑昭已下罕有其倫甞與諸賢集烏程縣開元寺知河間劉長卿有陰重之疾乃誚之曰山氣日夕佳長卿對曰衆鳥欣有託舉坐大笑論者兩美之如遠水浮仙棹寒星一作雲伴使車蓋五言之佳境也上比班姬則不足下比韓英則有餘不以遲暮亦一俊媪也

寄校書十九兄

無事烏程縣差池一作蹉跎歲月餘不知芸閣吏寂寞竟何如遠水浮仙棹寒星一作雲伴使車因過大雷澤莫忘幾行書

登山望閻子不至一作寄朱放

望遠試登山山高湖水闊相思無曉夕相望經年月鬱鬱山木榮綿綿野花發別後無限情逢君一時説

湖上卧病喜陸鴻漸至

昔去繁霜月今來苦霧時相逢仍卧病欲語淚先垂強欽程家酒還吟謝客詩偶然成一醉此

[illegible]一作更

送韓揆之江西

相看指楊柳別恨轉依依萬里西一作三江水孤舟何處歸湓城潮不到夏口信應稀唯有衡陽鴈年年來去飛

道意寄崔侍御

莫漫戀浮名應須薄世情百年齊旦暮萬事盡虛盈愁鬢行看老童顏學可成一作未成無過天一作竺國依止古先生

從蕭叔子聽彈琴賦得三峽流泉歌

妾家本住巫山雲巫山流泉常自聞玉琴彈一作奏出轉寥敻直是當時夢裏聽三峽迢迢幾千里一時流入幽深一作閨裏巨石崩崖指下生飛泉走浪絃中起切疑憤怒含雷風又似嗚咽流不通迴湍曲瀨勢將盡時復滴瀝平沙中憶昔阮公爲此曲能使仲容聽不足一彈既罷復一彈願作流泉鎮相續

竇叅三首

竇君詩亦祖述沈千運比於孟雲卿尚在廊

無用於萬丈水聲落日時公呂長久人生年

矣袁褭吾邑先老歌亦嗣未齊而筋骨已具

也

湖上閒居之作

避影將息陰自然知音稀向來深林中偶亦有所窺飛鳥口銜食引雛上高枝但各子其子寧知宜不宜止止復何言物情方自知

登潛山觀

山勢欲相抱一條微逕盤攀蘿歇復行始得凌仙壇聞道葛夫子此中鍊還丹丹成五色光服之生羽翰靈草空自綠餘霞誰復飡至今步虛

處猶有孤飛鸞幽幽古殿門下壓浮雲端萬丈
水聲落四時松色寒旣入無何鄉轉嫌人事難
終當　高卧從所安

遷謫江表久未歸而作

一自經放逐徘徊無所從便爲寒山雲不得隨
飛龍名豈不得保歸豈不欲早久無三月資難
遂萬里道離心與羇思終日常草草人生年幾
齊憂苦即先老誰能假羽翼使我暢懷抱

道人靈一四首

自齊梁以來道人攻文者多矣罕有入其流

不其偉歟如泉湧階前地雲生户外峯則道
猷寶月曾何及此也

酬皇甫冉將赴無錫於雲門寺贈別

湖南通古寺來往意無涯欲識雲門路千峯到
若耶春山子猷宅古木謝敷家自可長偕隱那
云相去賒

靜林梁精舍即武帝隱所有鐘磬皆古
物時時有聲

靜林溪路遠蕭帝有遺蹤水擊羅浮磬山鳴于

聞鐘燈傳三世火樹老萬株松無數煙霞色空
聞昔卧龍

宿靈洞觀

石室因投宿仙翁幸見容花原隔水見洞府過
山逢泉湧階前地雲生户外峯中宵自入定非
是欲降龍

雨後欲尋天目山問元駱二公溪路

昨夜雲生天井東春山一雨幾迴風林花併逐
流溪下欲上龍池通不通

長雨中作二首

入詩境如巳被秋風教憶鱠更聞寒雨勸飛
觴可謂物理具美情致兼深也

送司空十四北遊宋州

危城下蕭條送爾歸寒風聞盡角暮雪犯
征衣道里猶成間親朋重與違白雲愁欲斷看
入大梁飛

送朱文北遊

歲暮一爲別（一作歸客）江湖聊自寬且（一作自）無人
事戀誰謂客行難郢曲憐公子吳門憶伯鸞蒼

蒼遠山際松樹（一作柏）獨宜寒

陸勝宅秋雨中探韻同作

同人（一作心）永日自相將深竹閑園偶辟強已被秋風教憶膾更聞寒雨勸飛觴歸心莫問三江水旅服從霑九月霜醉裏欲尋騎馬路蕭條幾處有垂楊

姚倫二首

姚子詩雖未弘深去凡已遠屬辭比事不失文流如亂聲千葉下寒影一巢孤篇什之秀

感秋林

試向林東望一作林望一作踈方悲一作知節候殊亂聲千
葉下寒影一巢孤不蔽秋天鴈驚飛夜月烏霜
風與春日幾度遣榮枯

過章秀才洛陽客舍

達人心自適旅舍當閑居不出來時徑重看讀
了書晚嵐山色近秋日樹陰踈盡是忘言客聽
君誦子虛

皇甫曾五首

昔孟陽之與景陽詩德遠慙厥弟協居上品

載處下流今侍御之與補闕文詞亦爾體製清緊一作潔華不勝文如寒生五湖道春及萬年枝五言之選也其爲士林所尚宜哉

送雲門寺邕上人

春山臨一室獨坐草萋萋身寂心成道花閑一作開鳥自啼細泉松逕裏返照一作幽景竹林西晚與門人別依依出虎溪

送杜中丞還京

罷戰迴龍節朝天見鳳池寒生五湖道春及萬年[illegible][illegible][illegible][illegible]遺愛月清[illegible]是知[illegible][illegible][illegible][illegible][illegible]

[illegible]

贈別鑒上人一作贈別筌公

律儀傳教誘僧臘老煙霄樹色依禪誦泉聲入寂寥龕經來遠國壁畫見南朝深竹一作戶風開合寒潭月動摇息心歸靜理一作息緣居靜理愛定至中宵更欲尋真去乘船泛海潮

寄張仲甫

悲風生舊浦雲嶺隔東田伏臘同雞黍柴門閉雪天孤村明夜火稚子候歸船靜者心相憶離居畏暮年

贈霈禪師

南岳滿瀟沅吾師經利涉身歸沃洲老名與支公接靜教傳荆吳道緣止漁獵觀空色不染對境心自愜室中人寂寞門外山重疊天台積幽夢早晚更一作當負笈

鄭常三首

常詩婉靡雖未弘遠已入文流如儒衣荷葉老野飯藥苗肥足見丘園之趣也

寄邢逸人

[illegible]

臣舟偕衣布堯老野飯蘗甘肥嗜昔江湖意而

今憶共歸

謫居漢陽至白沙阻雨因題驛亭

漢陽知近遠見説過湓城雲雨經春客江山幾日程終隨鷗鳥去秪待海潮生前路逢漁父多愁問姓名

送頭陀上人自廬山往東溪蘭若

僧家無住着早晚出東林行道非眞相陀頭是苦心持齋山果熟倚錫野雲深溪寺誰相待香花與梵音

孟雲卿六首

祖述沈千運漁獵陳拾遺詞氣傷怨如虎豹不相食哀哉人食人方於七哀路有飢婦人抱子棄草間則雲卿之句深矣雖效於沈陳纔得升堂猶未入室然當今古調無出其右一時之英也余感孟君好古著格律異門論及譜三篇以攝其體統焉

鄴中懷古

朝發淇水南將尋北燕路魏家舊城闕寥落無

安在哉衰草霑霜露崔嵬長河北尚想一作見應
劉墓古樹藏乖龍荒茆伏秋兎永懷故池館數
子連章句逸輿驅山河雄詞變雲霧我行睹一作
觀遺跡精爽如相遇斗酒將酹君悲風白楊樹

夏末田園觀雨兼晴後作

貧賤少情欲借荒種南陂我非老農圃一作畝安
得良土宜秋成不廉儉歲餘多餕飢顧視倉廩
間有粮不成炊晨登南原上雨歇清一作秋蟬悲
早麥一作苗既芃芃晚田尚離離五行孰堪廢萬

物常及時賢哉數夫子開翅情莫違一作開翅慎勿遲

汴河阻風

清晨自梁宋挂席之楚城出浦風漸惡傍灘舟欲横大河復東注羣動皆窅一作昏冥白霧魚龍氣黄雲牛虎形蒼茫迷所適危懼安暫寧信此天地内孰於身命輕丈夫苟未達所向須存誠前路捨舟去東南應晚晴

傷情

爲長心易憂早孤意恒傷出門先躊躅入户亦

[illegible]

爲梁松栢今在茲君何一作安忍思故鄉四時與日
月萬物各一作覺有常寒風一夕起一作秋風巳一起草
木無不霜行行當自勉不忍再思量

傷時二首

徘徊宋郊上不見平生親獨立正傷心悲風來
孟津大方載羣物生死有常倫虎豹不相食哀
哉人食人豈伊逢世運天道亮云云
太虛流素月三五何明明光耀侵白日賢愚迷
至精四時更變化天道有虧盈常恐今夜没須

吏還復生

劉灣四首

灣蜀人也性率多直屬文比事尤得邊塞之思如死是征人死功是將軍功悲而且許又舉聲哭蒼天萬木皆悲風　又李陵不受死心存歸漢闕逆子賊臣聞之宜乎皆攺節矣

出塞曲

將軍在重圍音信絶不通羽書如流星飛入甘

[illegible]
征人死功是將軍功汗馬牧秋月疲兵卧霜風
仍傳右賢王更欲圖（一作圖）雲中

虹縣嚴孝子墓作

至性教不及因心天所資禮聞三年喪爾獨終
身期下申骨肉恩上報父母慈又聞哭有卒爾
獨哀無時前後松栢林荊榛結蒙籠墓門白雲
開（一作白日開）泣血黃泉中草服蔽枯骨垢容戴飛
蓬舉聲哭蒼天萬木皆悲風

李陵別蘇武

漢武愛邊功李陵提步卒轉戰單于庭身隨漢
軍殁李陵不愛死心存歸漢闕誓欲還國恩不
爲匈奴屈身辱家已無長居狼虎窟胡天無春
風虜地多積雪窮陰愁殺人況與蘇子別發聲
天地哀執手肝腸絶白日爲我陰愁雲爲我結
生爲漢家臣死爲胡地骨萬里長相思終身望
南月

雲南行

百蠻亂南方羣盜皆蝟起軍馬罷中原一作騷然疲中
原征戍從此始日月[illegible]人生一萬里去者

[illegible]兵哭瀘水
妻行求死夫父行求死子蒼天滿愁雲白骨積
荒空一作壘哀哀雲南行津行一作河十萬同已矣

唐中興間氣集卷下

# 御覽詩

# 《御覽詩》提要

《御覽詩》一卷，唐令狐楚編。令狐楚（七六六—八三七），字殼士，自號白雲孺子，敦煌（今屬甘肅）人。貞元七年（七九一）進士。《舊唐書》卷一七二、《新唐書》卷一六六有傳。此書爲令狐楚於元和年間奉敕編進，選中唐詩人三十家，所選詩歌爲五七言律詩、絶句，其中又以五律和七絶为多。《四庫全書總目》稱『其詩惟取近體，無一古體，即《巫山高》等之用樂府題者，亦皆律詩。蓋中唐以後，世務以聲病諧婉相尚，其奮起而追古調者，不過韓愈等數人。楚亦限於風氣，不能自異也』。其選詩以清艷爲主，或不避俚俗，故《四庫全書總目》稱『大致雍容諧婉，不失風格，上比《篋中集》則不足，下方《才調集》則有餘』。

《新唐書·藝文志》未著録此書。陳振孫《直齋書録解題》卷十五『總集類』始見著録，云『《唐御覽詩》一卷，唐翰林學士令狐楚纂，劉方平而下迄於梁鍠凡三十人、詩二百八十九首。一名《唐新詩》，又名《選進集》，又名《元和御覽》』。今本卷末有陸游跋文二則，分别作於紹興乙亥年（二十五年，一一五五）、慶元戊午年（四年，一一九八）。前跋將盧綸墓碑所載與《御覽詩》所收盧綸詩相對照，二者正相吻合，由此推斷『《御覽》爲唐舊本不疑』，可謂灼見。然而盧綸墓碑所述『章武皇帝命侍丞采詩第名家，得三百十一篇』，南宋陸游、陳振孫所見本衹存二百八十九首，之後又有所亡佚，今本存詩二百八十六首。

目前可知《御覽詩》最早的版本爲『臨安本』，或即南宋陳解元書籍鋪刻本。此本今已亡佚。明末清初藏書家如趙宧光、馮班、陸貽典等人曾見到此本，並據之校勘他本，由此保存了不少臨安本的文字面貌。國家圖書館所藏的兩部汲古閣刻《唐人選唐詩八種》本（書號：一三四五三、四九七）中即保留不少這類校語。雖然係後人過録，但淵源有自，彌足珍貴。

現存最早的版本爲明代萬曆年間趙均抄本，現藏於國家圖書館，詳見下。又有崇禎元年（一六二八）毛晉汲古閣刻《唐人選唐詩八種》本。明代唐人選唐詩合刊本大多包含六種，毛晉據《六家唐詩》並增刻《御覽詩》《才調集》而成八種。馮舒謂毛本《御覽詩》出自趙宧光藏本，似亦出自臨安本[①]。

本次影印依據國家圖書館藏萬曆趙均抄本（書號：Ａ〇一一一二）。

趙均抄本，一册，每半葉八行，行十八字。書前有趙均《唐御覽詩題詞》，云『萬曆己未（四十七年，一六一九）初夏，偶過吾友林若撫氏，出示閩中秘本，因取本集及他集所有互爲校閲，并爲之箋注，爲之例引，爲之題辭，以紀一時詩道之厄、采風之絶云』。目録後

① 見國家圖書館藏吴景恩校跋並録葉奕、陸貽典、何焯等批校題識汲古閣本《唐人選唐詩八種》（書號：一三四五三）之《御覽詩》書後，爲吴景恩過録。

有『凡例』九則，爲趙氏校勘、箋注之例。據之，趙氏以詩人别集及《才調集》《萬首唐人絶句》《唐詩品彙》《唐詩正聲》等書校勘此集。校勘所得則以雙行小注，書於行間。可知趙均抄本並非簡單的傳抄本，而具有校注本的性質。書前有嘉慶四年（一七九九）黄丕烈跋語，即云『此《唐御覽詩》，爲寒山趙靈均所校而箋注其異同者，非復本書舊觀矣』。黄氏又述收藏此本之經過：『余友陶藴輝識是靈均手迹，持以示余，余以青蚨十金易得。』

此本卷中鈐有『趙均之印』『字余日靈均』『平原』『趙伯』『煮石亭』『古潭州袁氏卧雪廬收藏』『積學齋鎮庫』『乃昌校讀』『積余秘笈識者寶之』『南陵徐乃昌審定善本』『延古堂李氏珍藏』等印，知此本遞經趙均、黄丕烈、袁芳瑛、徐乃昌、天津李氏等人收藏。

（任文京）

# 御覽詩

國家圖書館藏明趙均抄本，黄丕烈跋

此唐御覽詩為寒山趙靈均所校而箋注其異同者，非復本書舊觀矣。余友陶蘊輝識是靈均手跡，持以示余，以青蚨十金易得。靈均所寫余固未灼見，而楮墨頗饒古趣，列諸名抄祕冊中當亦得一位置地也。棘人黃丕烈

嘉慶四年歲在己未二月三日書於士礼居

# 唐御覽詩題詞

明吳郡趙均撰

夫詩爲聲教亦爲心聲故姬周之時工以風化下下以風刺上而君無異議臣無異心逮及秦漢世變風移此道闕然莫之或講李唐一代以詩取士而君與臣皆得各以其意宣布腹心雖稍有嚴威之别然終無間隔之情也此以元和中章武皇帝乃命侍臣采詩第名家爲元和御

覽此猶有三卅遺風在焉說者謂其篇中多情
至之語此詩入御不當如是以此病之余曰是
蓋不然昔尼父刪詩不廢鄭衛即二南首章關
雎鵲巢猶且哀樂洋洋盈耳何況吾人漸漬能
不從此入耶蓋詩緣情起不由此入沁人心骨
必不精至今狀學士蓋有深思在也明興以來
非無詩人而詩不入御則花明月麗留以自娛
好惡妍媸秖以自適抑鬱無聊徒以自鳴幽憤

興嗟空以自訴康莊九逵誰爲播之失情得意誰爲喻之建安有云文之好醜我自得之後世誰相知定吾文者耶斯言不妄昔也空言今見之於行事矣嗚呼三代來風之教泯而流爲御覽御覽一詩又不傳而至於今日覽茲集者能無興慨時萬曆己未初夏偶過吾友林若撫氏出示閩中秘本因取本集及他集所有互爲挍閱并爲之箋註爲之例引爲之題辭以紀一時

詩道之充來風之絶云

# 唐御覽詩目録

韋應物六首
楊淩十七首
李宣遠一首
姚係一首
劉皂四首
李愿二首
霍總六首
楊巨源十四首

紇干著四首
楊凝二十九首
盧殷十四首
馬逢五首
李益三十七首
張籍一首
楊憑十九首
梁鍠十首

唐御覽詩凡例

一此詩以纂進御覽故題有諱忌等字令狐學士悉為改定今亦仍舊但註原題作某某云

一此詩舊本其間互出者與今本大異而義有兩可註云一作某字

一查取有原集者校對而此在集外者註云原集闕

一今唐集行世者止初盛詩紀及百家唐詩等

集今御覽詩內未見名人較多在所未註者
皆是也

一才調集乃唐韋穀選亦世所間出今止擇其
同選者挍其譌異註才調集作某某云

一挍萬首唐人絕句如柳中庸七絕二首李河
五絕一首張起五絕一首盧殷五絕三首七
絕五首姚係七絕三首已上五人並係無查
或互見于他人亦未可知今註云萬首唐人

絶句闕

一校唐詩品彙及唐詩正聲擇其已選者對過如有大異則註品彙作某及正聲作某云

一校唐詩選六集寥寥止二三首同耳今亦未註外有又玄二妙諸集尚未之見姑俟見時再校

一通計唐選詩詞諸集曰河嶽英靈集殷璠　國秀集芮挺　篋中集元結　極玄集姚合　中興間

氣集高仲武　搜玉集　　才調集韋縠　又玄集

韋莊　二妙集　　元和御覽集令狐楚　紅樓集

段成式　翦綃集　李龏集句　尊前集　　花間集趙崇祚

唐御覽詩

翰林學士朝議郎守中書舍人賜紫令狐楚奉

敕纂進



劉方平十三首

秋夜思

旅夢何時盡征途望每賒晚秋淮水上新月楚人家猿嘯空山近鴻飛極浦斜明朝南岍去言

一作定

折桂枝花

泛舟才調集作秋夜汎舟

林塘夜發才調集作汎舟虫響荻颼颼萬影皆因月

千聲各為秋歲華空復晚鄉思不堪愁西北浮

雲外伊川何處流

折楊枝

空渡初楊柳風來亦動摇武昌行路好應為最

長條葉映黄鸝夕花縈白雪朝年年攀折意流

恨入纖腰

班婕妤

夕殿别君王深宫月似霜人幽在長信螢出向

昭陽露浥紅蘭濕秋凋碧樹傷惟留合歡扇從

此篋中藏

新春

南陌春風早東隣曙色斜一花開楚國雙鸞入

盧家眠罷梳雲髻粧成工錦車誰知如昔日更

浣越溪沙

採蓮

落日晴一作清江裏荆歌艷楚腰採蓮從小慣十

五郎乘潮

京兆眉

新作蛾眉樣誰將月裏同有一作自來凡幾日相

效滿城中

春雪

飛雪帶春風排徊亂繞空君看似花處偏在洛陽中一作東

望夫石

佳人成古石蘚駁覆花黄猶有春山杏枝枝似薄粧

送别

華亭霽色滿今朝雲裏檣竿去轉遥莫怪山前深復淺清淮一日兩迴潮

夜月

更深月色半人家北斗闌干南斗斜今夜偏知春氣暖虫聲新透緑窗紗

春怨（萬首唐人絶句合下首作春怨二首唐詩品彙同）

紗窗日落漸黄昏金屋無人見淚痕寂寞空（才調集作閑）庭春欲晚梨花滿地（才調集作院）不開門

代春怨

朝日殘鶯伴妾啼開簾只見草萋萋庭前時有

東風入楊柳千條盡向西

皇甫冉十六首

江山留别（原題作潤州南郭留别）

縈廻楓葉岸留滯木蘭橈吳岫新經兩江天正落潮故人勞見愛行客自無聊君問前程事孤雲入剡遥

巫山高（原題作巫山峽）

巫峽見巴東迢迢出半空雲藏神女館雨到楚

王宮朝暮泉聲落寒暄樹色同清猿不可聽偏
在九秋一作霄中

長安路 原題注云一作韓翃詩

長安九城路戚里五侯家結束趨平樂聯翩抵
狹斜高樓臨積一作遠水複道出繁花惟有一作見
相如宅蓬門度歲華

送客

旗鼓軍威重關山客路賒待封甘度隴迴首不

思家城工一作下春風一作山晚一作路營中瀚海沙

河源雖萬里音信寄來查

温湯郎事

天仗星辰轉霜風一作冬景氣和樹含温液潤山

入繚垣多丞相金錢賜平陽玉輦過魯儒求一

謁無路獨如何

送節度赴朔方原題作送常大夫加散騎常侍赴朔方

故壘煙塵後新軍河塞間金貂寵唐一作漢將玉

節度蕭閑散漫沙中雪依稀漢口山人知賣車
騎計日勒銘還
歸渡洛水
暝色赴春愁歸人南渡頭渚烟空翠合灘月碎
光流澧浦饒芳草滄浪有釣舟誰知放歌客此
意正悠悠
賦得海邊樹
歷歷緣荒岸冥冥入遠天每聞同一作莎草發長

共水雲連接落潮風早離披海雨偏故傷遊子
意多在客舟前
婕妤怨
由來詠團扇今已値秋風事逐人時一作皆往恩
無日再中早鴻聞工苑寒露下深宮顏色年年
謝相如賦豈工
雨雪
風砂悲久戍雨雪更勞師絕漠無人境將軍苦

戰時山川迷向背氛霧失旌旗徒念天涯事一作隔年年已上二字作中人芳草期

送客原題作送王司直

西塞雲山遠東風一作南道路長人心勝潮水相送過潯陽

班婕妤原題作婕妤怨萬首唐人絕句作倢伃春怨

花枝出建章鳳管發昭陽借問承恩者雙蛾幾許長

秋怨

長信多秋氣（一作色）昭陽借月華那堪閑永巷閨道選良家

贈別（原題作贈寄權三容舍）

南橋春日暮楊柳帶青渠不得同携手空成意有餘

禁省梨花詠（原題作和王給事禁省梨花詠）

巧解迎（一作逢）人笑偏（一作還）能亂蝶飛春風時（一作

時（一作風）入户幾片落朝衣

春思（本集闕今載劉長卿集内ミ異四字題亦云賦得某ミ云）

鸎啼鷰語報新年馬邑（一作色）龍堆（一作飛）路幾千

家住秦（一作層）城隣（一作臨）漢苑心隨明月到胡天

機中錦字論長恨樓上花枝笑獨眠爲問元戎

竇車騎何時反旆勒燕然

劉復四首

春遊曲

春風戲狹斜相見莫愁家細酌蒲桃酒嬌歌玉樹花裁衫催白紵迎客走朱車不覺重城暮争栖柳上鴉

春雨

細雨度深閨鸎愁欲嬾啼如烟飛漠漠似露濕萋萋草色行看靡花枝暮欲低曉聽鍾鼓動早送錦障泥

雜曲

寶劍飾文犀當風似切泥逢君感意氣貫酒杜
陵西趙女顏雖少宛駒齒正齊嬌多不肯別更
待夜烏啼

夏日

映日紗窗深且閑含桃紅日石榴殷銀瓶綆轉
桐花井沉水烟銷金慱山文簟象床嬌倚瑟綵
奩銅鏡嬾拈環明朝戲去誰相伴年少相逢狹
路間

鄭錫十一首

邯鄲少年行

霞鞍金口騮，豹袖紫貂裘。家住叢臺近，門前漳水流。喚人呈楚舞，借客試吴鈎。見説秦兵至，甘心赴國讎。

隴頭别

秋盡初移幕，霑裳一送君。據鞍窺古堠，開䩞寒雲。登隴人迴首，臨關馬顧群。從來斷腸處，皆

向此中分

渡關山

象弭插文犀魚腸瑩鸊鵜水聲分隴咽馬色度關迷曉幕胡沙慘危烽一作峰漢月低仍聞數騎將更欲出遼西

千里思

渭水通胡窕輪臺望漢關帛書秋海斷錦字夜機閑旅夢蟲催曉邊心鴈帶還唯餘兩鄉思一

夕渡關山

襄陽樂

春生峴首東先煖胃池風拂水初含緑鷁林未

吐紅渚邊遊漢女桑下問龐公磨滅懷中刺曾

將示孔融

出塞

關山落葉秋掩淚望營州遼海雲沙暮幽燕旌

旆愁戰餘能送陣自老未封侯去國三千里歸

心紅粉樓

玉階怨

長門寒水流高殿曉風秋昨夜鴛鴦夢還陪豹尾遊前魚不解泣共輦豈閑羞那及輕身燕雙飛上玉樓

送客之江西

乘軺奉紫泥澤國淼天倪九派春潮滿孤帆暮雨低草深鸎斷續花落水東西更有高堂處知

君路不迷

望月

高堂新月明，虛殿夕風清。素影紗窗霽，浮凉羽扇輕。稍隨微露濕，漸逐曉參横。遥憶雲中詠，蕭條空復情。

出塞曲

校尉徵兵出塞西，别營分騎過龍溪。沙平虜跡風吹盡，霧失烽烟道易迷。玉靶半開鴻已落，金

河欲渡馬連嘶會當繫取天驕入不使軍書夜
刺闈

柳中庸九首

秋怨

玉樹起涼烟凝情一葉前別離傷曉鏡搖落思
秋絃漢壘関山月胡笳塞北天不知腸斷夢空
遶幾山川

春思贈人

紅粉當三五青娥艷一雙綺羅迴錦陌絃管入
花江落雁鶩金彈拋杯瀉玉缸誰知褐衣客顛
顇在書窻

幽院早春

草短花初拆苔青柳半黄隔簾春雨細高枕曉
鶯長無事含閑夢多情識異香欲尋蘇小小何
處覓錢塘

寒食戲贈

春暮越江邊春陰寒食天杏花青麥粥柳絮伴
鞦韆酒是芳菲節人當桃李年不知何處恨已
解入箏絃

聽箏

抽絃促柱聽秦箏無限秦人悲怨聲似逐春風
知柳態如隨啼鳥識花情誰家獨夜愁燈影何
處空樓思月明更入幾重離別恨江南歧路洛
陽城

河陽橋送別

黄河流出有浮橋晉國歸人此路遥若傍欄杆

千里望北風驅馬雨蕭蕭

征怨

歲歲金河復玉關朝朝馬策與刀環三春白雪

歸青塚萬里黄河遶黑山

涼州曲

關山萬里遠征人一望關山淚滿巾青海戍頭

空有月黃砂磧裏本無春

其二

高檻連天望武威窮陰拂地戍金微九城絃管聲遥發一夜關山雪滿飛

李嘉祐二首

鄱陽暮秋

宋玉悲三秋張衡復四愁思鄉鴈北至歎一作欲別水東流倚樹看黃葉逢人話一作訴白頭佳期

不可見一作失落日自登樓

漢口春原題作春日淇上作

淇水一作上春來漲鴛鴦逆一作逐浪飛清明桑葉小度兩杏花稀衛女紅粧薄王孫白馬肥相將蹹青去不解惜羅衣

李端八首

山下泉

碧水映丹霞濺濺露一作渡淺沙暗通山下草流

出洞中花净一作素色和雲落啼一作喧聲遶石斜

明朝更尋去應到阮郎家

閼山月

露濕月蒼蒼閼頭榆葉黄迴輪照海遠分彩上

樓長水凍頻移幕兵疲數望鄉只應城影外萬

里共胡霜

巫山高

巫山十二峯才調集作重皆在碧虛中迴合雲藏月

才調集作日霏微雨帶風猿聲寒過澗已上二字作渡水樹色暮連空愁向高唐去一作望清秋才調作千秋見楚宮

送客赴荊州

草色隨驄馬悠悠共出秦水傳雲夢曉山接洞庭春帆影連三峽猿聲在四隣青門一分手難見杜陵人

江上逢司空曙

共有一作爾鬢竿故相逢萬里餘新春兩行淚故一作舊國一封書夏口帆初泊潯陽鴈已一作正踈唯當一作應執杯酒暫食漢江魚

與鄭錫遊春

東門垂柳長廻一作西首獨心傷日暖臨芳草天晴憶故鄉映花鷽工下過水蝶飛揚借問同行客今朝淚幾行

送友人原題作送友人南遊

聞說湘川路年年弔古（已上二字作古木）多猿聲巫峽
夜（一作雨）月照洞庭波窮海人還去孤城鴈共過
青山不同賞（已上二字作可到）來往自蹉跎

閨情

月落星稀天欲明孤燈未滅夢難成披衣更向
門前望不忿朝來鵲喜聲

盧綸三十二首

皇帝感（原題作皇帝感詞四首）

提劍風雲一作雷動垂衣日月明禁花呈瑞色國
老見星精發棹魚先躍窺巢鳥不驚山呼一萬
歲直入九重城
天衣一作香五鳳彩御馬六龍文兩露清馳道風
雲一作雷翊上軍高旍花外轉行漏樂前聞時見
金鞭舉空中指瑞雲又一作皇帝挽詞集作
妙算干戈止神謀宇宙清兩階文武盛七德武
功成校獵長楊賦一作苑屯軍細柳營歸來獻明

主歌舞滿一作溢春城又一集作太宗皇帝挽詞

天樂下天中雲屏一作軿儼在空鈆黃灩河漢笑

語已上二字作語笑合笙鏞已見今一作長隨鳳仍聞不

避驄一作態君王親試問一作舞閶闔靜無風

邊思原題作送郭判官赴振武在代州

黃沙一作河九曲流繚繞古山一作邊州鴻一作鳴鴈

初飛已上二字作飛初夜羌胡正早已上二字作出晚秋淒清

一作[illegible]金嘗思遲還玉人愁七葉雖一作[illegible]多慶須

懷殺敵憂

送都護歸邊（原題作送韓都護還邊）

好勇知名早，爭雄上將間。戰多春入塞，獵慣夜燒（一作營）山。陣合（一作合陣）龍蛇動，軍移（一作移軍）草木開。今來部曲盡，白首過蕭關。

送道士（原題作送王尊師）

夢別一仙人，霞衣滿鶴身。旌幢天路遠，梅（已上二字作晚桃）杏海山春。種玉非求稔，燒金不爲貧。自憐

頭向白誰（已上三字一作白早難）與葛洪親

送劉判官赴天德軍（原題作送劉判官赴豐州）

銜杯吹急管滿眼起風沙大漠山沉雪長城草

發花策行須恥戰虜在敵（一作莫）言家奈亦求燕（已上二字一作祈勳）

者如何別桑（一作左）車

七夕（原題作七夕詩同用期字）

涼風吹玉露河漢有幽期星彩光仍隱雲容掩

復離長天愁（已上三字一作良宵驚）曙早閨歲怨秋遲何事

金閨子空傳得網絲

東齋花樹（原題作同耿緯司空曙二拾遺題韋員外東齋花樹）

綠砌紅花樹，狂風獨未吹。光中如（一作疑）有焰，密處似無枝。鳥動青重（一作輕）發，人愁影屢移。今朝數片落，為報漢郎知。

塞下曲（原題作和張僕射塞下曲六首）

鷲翎金僕姑，鷰尾繡蝥弧。獨立揚新令，千營共一呼。

林暗草驚風將軍夜引弓平明尋白羽沒在石稜中

月黑鴈飛高單于夜一作遠遯逃欲將輕騎逐大雪滿弓刀

野幕敞一作蔽瓊筵羌夷一作戎賀勞旋醉和金甲舞雷鼓動山川

調箭又呼鷹俱聞百中已上二字作出世能奔猿一作狖將逬一作近雉掃盡古丘陵

亭亭七葉貫蕩蕩一隈清他日題麟閣唯應獨

不名

天長詞（原題作天長地久詞三首）

玉砌紅花樹香風不敢吹春光解人（一作天）意偏

發殿南枝

虹橋千步廊半在水中央天子方清署（一作暑）宮

娃起曉（一作夜）粧

辟輦復當熊傾心奉六宮君王若看貌甘在衆

妃中

贈李果毅

向日磨金鏃，當風着錦衣。上城邀賊語，走馬截鵰飛。

春夜對月　原題作奉和太常王卿酬中書李舍人中書寓直春夜對月見寄

露如輕雨月如霜，不見星河見鴈行。虗暈入池波自泛，滿輪看一作當苑桂偏長。一作青春臺幾望黄龍闕，雲路寧分白玉郎。是夜巴歌應金石，豈

殊衫一作縈影對清光

長安春望

東風吹雨過青山却望千門草色閑家在夢中
何日到春生来一作江工幾人還川原繚繞浮雲
外宮闕參差落照間誰念為儒逢世難獨将衰
鬢客秦關

宮中樂原集即附于天長地久詞後云附宮中樂二首

雲日呈祥禮物殊彤庭生獻五單于塞垣萬里

無飛鳥可在（一作是）邊城用郅都

其二

臺殿雲涼（一作深）秋色微君王初賜六宮衣樓船

泛罷歸猶（一作心）早行遣才人鬬射飛

春日有懷（原題作春日憶司空文明）

桃李風多日欲陰百勞飛處落花深貧居靜久

難逢信知隔春山不可尋

駙馬花燭（原題作王評事駙馬花燭詩）

萬條銀燭引天人十月長安半夜春步障三十
溢多（已工二字作隘將）斷幾多珠翠落香塵
比翼和鳴雙鳳凰玉梅（已工二字作欲棲）金帳滿城香
平明却入甘（一作天）泉裏日（一作湫）曈曈（一作曨）五
色光

曲江看花（原題作賊中與嚴越卿曲江看花）

紅枝欲折紫枝繁（一作殷）隔水連宮不用攀會待
長風吹落盡始能開眼向青山

春日登樓（原題作春日登樓有懷）

花正濃時人正愁逢花卻欲替花羞年來笑伴皆歸去今日春風（已上二字作晴明）獨上樓

曲江春望

菖蒲翻葉柳交枝晴上蓮舟鳥不知更到無（一作蘆）花最深處玉樓金殿影參差

翠黛紅粧画鷁中共驚雲色帶微風簫管曲長吹未盡花南水北雨濛濛

泉聲遍野入芳洲擁沫吹花工碧已上二字一作草工流

日日已上二字一作二月一作落日行人漸無路巢蜂鳥一作亂

燕滿高樓

李河一首

觀妓

向晚小乘遊朝來新上頭從來許長袖未有容

難留

張起一首

春情

畫閣餘寒在新年舊鷰飛梅花猶帶雪未得試

春衣

鄭鏦四首

邯鄲俠少年

夜渡濁河津衣中劍滿身兵符劫晉鄙匕首刺

秦人執事非無膽高堂念有親昨緣秦苦趙來

往大梁頻

玉階怨

昔日同飛鷰今朝似伯勞情深争擲果寵罷怨
残桃别殿春心斷長門夜樹高雖能不自悔誰
見舊衣褒

婕妤怨

南國承歡日東方候曉時那能妬褒姒祗愛笑
唐兒寶葉隨雲髻珠絲鍜履綦不知飛鷰意何
事苦相疑

入塞曲

留滯邊庭久歸思歲月賒黃雲同入塞白首獨還家宛馬隨秦草胡人問漢花還傷李都尉獨自沒黃沙

司空曙五首

翫花與衛象同醉（原題作翫花）

衰鬢千莖雪（一作白）他鄉一樹花今朝與君醉忘却在長沙

別盧綸（本集闕，萬首唐人絕句亦闕；查盧綸集中作贈別司空曙）

有月多同賞，無秋不共悲。如何與君別，又是菊黃花（一作時）。

登秦嶺（本集闕）

南登秦嶺頭，迴首始堪憂。漢闕青門遠，商山藍水流。三湘還客去，九陌故人遊。從此思鄉淚，雙垂不復收。

江湖秋思（原題作酬崔峒見寄）

趍陪禁掖鴈行稀一作隨還放江潭鶴髮垂素浪
遥疑八漢已工二字作太液水清風一作楓忽似萬年枝
嵩南春遍傷一作愁魂夢湖口雲深隔路岐共望
漢朝多霈澤蒼蠅早晚得先知

登峴亭本集闕

峴山廻首望秦關南向荊州幾日還今日登臨
唯有淚不知風景在何山

于鵠三首

送客遊邊原題作送張司直入单于才調題作送客遊塞

若到一作過并州北一作去誰人不憶家塞深無伴

侶已工二字才調作去伴路盡有一作只平沙積冷唯逢鴈

天春不見花眞隨征才調集作邊將意無老事輕車

江南意原題作江南曲才調同

偶向江邊一作頭採白蘋還才調集作閑隨女伴賽江

神衆中不得才調集作敢分明語暗擲金錢卜遠人

寓意原題作襄陽省花時因小蠻作

自小（已老二字一作大）看花情（一作長）不足江邊尋得一（一作數）株紅黄昏人散春風起吹落誰家明月中

顧況十首

白蘋州送客（本集闕）

莫信梅花發由來謾報春不才充野客扶病送朝臣闕下摇青佩洲邊採白蘋臨流不痛飲鷗鳥也欺人

洛陽早春

何地避春愁終年憶舊遊一家千里外百舌五更頭客路偏逢兩鄉山不入樓故園桃李月伊水向東流

送張衛尉（原題作送大理張卿）

春色依依惜（一作傷）解携月卿今夜泊隋堤白沙洲上江蘺長綠樹村邊謝豹啼還客比（本一作來）無倚仗故人相去隔雲泥越禽唯有南枝分自（一作月）送孤（一作歸）鴻飛向西

佳人贈別（本集闕萬首唐人絕句作代佳人贈別）

萬里行人欲渡溪千行珠淚滴爲泥已成殘夢隨君去猶有驚烏半夜啼

憶故園

惆悵名山（已上二字作山多）人復稀杜鵑啼處淚霑衣故園此去千餘里春夢猶能夜夜歸

題葉道士山房

水邊垂楊（一作柳）赤欄橋洞裏仙人（已上二字作神仙）碧

玉簫迮得麻姑音書一作信否潯陽江上不通潮

送李秀才入京 本集闕

五湖秋葉滿行船八月靈槎欲上天君向入一作

長安余適越獨登秦嶺望秦川

越州局席耆弄老人 本集闕萬首唐人絶句作越中席上耆弄老人

不到山陰十二已上二作二十字春鏡中相見白頭新

此生不復為年少今日從他弄老人

聽劉安唱歌 本集闕萬首唐人絶句作聽歌

子夜新聲何處傳悲翁更憶太平年郎（一作只）今

法曲無人唱已逐霓裳飛上天

櫻桃曲（本集闕）

百舌猶來上苑花遊人獨自憶京華遥知寢廟

嘗新後敕賜櫻桃向幾家

韋應物六首

詠露珠

秋河荷（一作一）滴露星清（一作夜）隨墜玄天將來玉盤

上不定始知圓

登樓

茲樓日登眺流歲暗蹉跎坐厭淮陰（一作南）守秋山紅樹多

答王卿送別

去馬嘶春草歸人立夕陽元知數日別要使兩情傷

登樓寄王卿

躡閣攀枝（一作林）恨不同楚雲滄海思無窮數家
砧杵秋山下一郡荆榛寒雨中

西澗（原題作滁州西澗）

獨憐幽（一作芳）草澗邊生（一作行）上有黃鸝深樹鳴
春潮帶雨晚來急野渡無人舟自横

寒食寄諸弟（原題作寒食寄京師諸弟）

雨中禁火空齋冷江上流鶯獨坐聽把酒看花
想諸弟杜陵寒食草青青

紇干著四首

賞殘花

零落多依草芳青散著人低簷一枝在猶占滿

堂春

灞上

鳴鞭晚日禁城東渭水晴烟灞岸風都傍柳陰

迴首望春天樓閣五雲中

古仙詞

珠幡絳節晚一作晚霞中漢武清齋待少翁不向

人間戀春色桃花自滿紫陽宫

感春詞

未得鳴珂謁漢宫江頭寂寞向春風悲歌一曲

心應醉萬葉千花淚滿一作眼中

楊凌十七首

梅里旅夕

滄洲東望路旅棹憶䍧遊楓浦蟬隨岸沙汀鷗

轉流露天星上月水國夜生秋誰忍持相憶南

歸一葉舟

鍾陵雪夜訓友人

窮臈催年急陽春怯和歌殘燈閃壁畫夜雪透

窗多歸路山川險遊人夢寐過龍洲不可泊歲

晚足驚波

潤州水樓

歸心不可留雪桂一叢秋葉雨空江月螢飛白

露洲野蟬依獨樹水郭帶孤樓遥望山川路相
思萬里遊

江上秋月

隴鴈送鄉心羈情屬歲陰驚秋黄葉遍愁暮碧
雲深月色吳江上風聲楚木林交親幾重別歸
夢併愁侵

閣前雙槿

羣玉開雙槿丹榮對絳紗含烟疑出火隔雨怯

舒霞向晚争辭蘂迎朝闘發花非関後桃李爲
欲繼年華

送客往睦州

水闊盡南天孤舟去渺然驚秋路傍客日暮數
聲蟬

送客之蜀

西蜀三千里巴南水一方曉雲猿一作天際斷夜
月峽中長

剡溪看花

花落千迴舞鶯聲百囀歌還同異方樂不那一作奈客愁多

江中風

白浪暗江中南灣路不通高檣帆自滿出浦莫呼風

詠破扇

粉落空床弃塵生故篋留先來無一半情斷不

滕愁

賈客愁萬首唐人絶句作賈客怨

山水路悠悠逢灘即殢留西江風未便何日到荆州

即事寄人

中禁鳴鐘日欲高北窻欹枕望頻搔相思寂寞青苔合唯有春風啼伯勞

早春雪中

新年雨雪少晴時屢失尋梅看柳期鄉信憶隨
回鴈早江春寒帶故陰遲
　北行留别
日日山川烽火頻山河重起舊烟塵一生孤負
龍泉劍羞把詩書問故人
　秋原晚望
客鴈秋來次第逢家書頻寄兩三封夕陽天外
雲歸盡亂見青山無數峰

春霽花蕚樓南聞宫鸎
祥烟瑞氣曉來輕柳變花開共作晴黄鳥遠啼
鳷鵲觀春風流出鳳凰城
明妃曲
漢國明妃去不還馬馱絃管向陰山匣中雖有
菱花鏡羞對單于照舊顔
楊凝二十九首
送别本集闕

罇酒郵亭暮雲帆驛使歸野鷗寒不起川雨凍
難飛吳會家移徧軒轅夢去稀姓揚皆足淚非
是強沾衣

送客東歸本集闕

君向古營州邊風戰地愁草青縵別路柳亞拂
淋樓人意傷難醉鷓啼咽不流芳菲只合樂離
思迈如秋

送客歸湖南

湖南樹色盡了了辨潭州雨散今為别雲飛何處遊情來偏似醉淚送不成流那向蕭條路緣湘篁竹愁

送客歸淮南 本集闕

画舫照河堤暄風百草齊行絲直綱蝶去鷺旋遺泥都向高天近人從别路迷非關御溝上今日各東西

春情 本集闕

舊宅洛川陽曾遊遊俠塲水添楊柳色花絆綺羅香趙瑟多愁曲秦家足艷粧江潭遠相憶春夢不勝長

秋夜聽擣衣本集闕

砧杵聞秋夜裁縫寄遠方聲纔漸濕露響細未經霜蘭牖唯遮樹風簾不礙涼雲中望何處聽此斷人腸

從軍行本集闕

都尉出居延强兵集五千還將張博望直救范祁連漢卒悲簫鼓胡姬濕汞旃如今意氣盡流淚挹流泉

和直禁省本集闕

宵直丹宫近風傳碧樹涼漏稀銀箭滴月度緡軒光鳳詔裁多暇蘭燈夢更長此時顏范貴十步舊連行

留別本集闕

玉節隨東閣金閨别舊僚若爲花滿寺躍馬上河橋

送客往洞庭本集闕

九江歸路遠萬里客舟船一作還若過巴江水湘東滿碧烟

别友人本集闕

倦客驚危恐傷禽遶樹枝非逢暴公子不敢涕流離

初渡淮北岸

別夢雖難覺悲魂寂易銷慇懃淮北岸鄉近去家遥

詠雨 本集闕

塵裏多人路泥歸足鷺家可憐緣亂點濕盡滿宫花

柳絮

河畔多楊柳追遊盡狹斜春風一廻送亂入莫

愁家

花桃

席工沉香桃樓中蕩子妻那堪一夜裏長濕兩

行啼

送客往鄜州

新參將相事營平錦帶騂弓結束輕曉工關城

吟画角暗馳羗馬發丈兵迴中地近風常急鄜

時年多草自生近喜扶陽係我相從來衛霍笑

長纓

送客往夏州

憐君此去過居延古塞黃雲共渺然沙闊獨行
尋馬跡路迷邊猜戍樓烟夜投孤店愁吹笛朝
望行塵避控絃聞有故交今從騎何須著論更
言錢

春霽曉望

細雨晴深小苑東春雲開氣逐光風雄兒走馬

神光工靜女肴花佛寺中書劍學多心欲嬾田
園荒廢望頻空南歸路極天連海惟有相思明
月同

唐昌觀玉蘂花

瑤華玉瓊一作蘂種何年蕭史秦嬴向紫烟時控
綵鸞過舊邸摘花持獻玉皇前

別李協

江邊日暮不勝愁送客霑衣江上樓明月峽添

明月照蛾眉峰似兩眉愁

初次巴陵

西江浪接洞庭波積水遥連天上河鄉信爲憑

誰寄去汀洲鷺鴈漸來多

上巳

帝京元巳足繁華細管清絃七貴家此日風光

誰不共紛紛皆是掖垣花

春怨

花滿簾櫳欲度春此時夫婿在咸秦綠窗孤寢
難成寐紫燕雙飛似弄人

送客歸常州

行到河邊從此辭寒天日遠暮帆遲可憐芳草
成衰草公子歸時過（一作正）綠時

送別

春愁不盡別愁來舊淚猶長新淚催相思儻寄
相思字君到（一作別）揚州揚子迴

送客入蜀

劍閣迢迢夢想閒，行人歸路遶梁山。明朝騎馬搖鞭去，秋雨槐花子午間（一作閑）。

送別

仙花笑盡石門中，石室重重掩綠空。暫下雲峰能幾日，却迴烟駕馭春風。

殘花

五馬踟躕在路岐，南來只爲看花枝。鶯銜蝶弄

紅芳盡此日深閨那得知

戲贈友人 本集闕

湘陰直與地陰連此日相逢憶醉年美酒非如平樂貴十升不用一千錢

李宣遠一首

塞下作

秋日并州路黄榆落故關孤城吹角罷數騎射鵰還帳幕遥連水斗羊自下山行才調集作征人正

垂淚烽火出附起調集雲間

盧殷十四首

七夕

河耿月涼時牽牛織女期歡娛方在此漏刻竟由誰定不嫌秋駛唯當乞夜遲全勝客子婦十載泣生離

金燈

殊莖秋擁翠幽艷夕添紅有月長燈在無烟爐

火同香濃初受露執庫不知風應笑金臺工先
隨曉漏終
妾換馬
伴鳳樓中妾如龍櫪工究同年辭舊寵異地受
新恩香閣更衣處塵蒙噴草痕連嘶將忍淚俱
戀主人門
欲銷雲
欲隱從龍質仍餘觸石文霏微依碧落髣髴

非雲度月光無隅傾河影不分如逢作霖處當

爲起氤氳

仲夏寄江南

五月行將近三年客未迴夢成千里去酒醒百

憂來晚暮時看槿悲酸不食梅空將白團扇從

寄復徘徊

月夜

露下凉生簟無人月滿庭難聞逆河浪徒望白

揄星樹遶孤栖鵲窓飛就暗螢移時宿蘭影思共習芳馨

遇邊使

累年無的信每夜夢邊城袖掩千行淚書封一尺情

移住别居

自别西川住唯君别有情常逢對門遠又隔一重城

珝口逢友人

艱難別離久中外往還深已改當時法空餘舊

日心

雨霽登北圻寄友人

褊黃撲撲黍油油野樹連山澗自流憶得年時

馮翊郡謝郎相引工樓頭

長安親故

楚蘭不佩佩吳鈎帶酒城頭別舊遊年事已多

筋力在試將弓箭到并州

悲秋

秋空鴈度青天遠踈樹蟬嘶白露寒堦下敗蘭猶有氣手中團扇漸無端

晚蟬

深藏高柳背斜暉能軫孤愁減昔圍猶畏旅人頭不白再三移樹帶聲飛

維揚郡西亭贈友人

萍飇風池香滿舡楊花漠漠暮春天玉人此日
心中事何似案羊入市年
姚係一首
古別離
涼風已嫋嫋霜露一作重木蘭枝獨上高樓望行
人遠不知輕寒入洞戶明月滿秋池鷺去鴻方
至年年是別離
馬逢五首

新樂府

温谷春生至宸遊近甸縈雲隨天仗轉風入御
筵輕翠蓋浮佳氣朱樓依太清朝臣冠劍退宫
女管絃迎

部落曲

蕃渾傍塞遊代馬嘖風秋老將垂金甲閼支著
錦裘瑚戈蒙豹尾紅旆插狼頭日暮天山下鳴
笳漢使愁

從軍

漢馬千蹄合一羣單于鼓角隔山聞沙追風起

紅樓下飛上胡天作陣雲

宮詞

金吾持戟護軒簷天樂傳教萬姓瞻樓工美人

裀倚看紅粧透出水精簾

玉樓天半起笙歌風送宮人笑語和月影殿開

聞曉漏水精簾捲近秋河

劉皂四首

邊城柳

一株新柳色十里斷孤城為感近一作東西路長懸離別情

旅次朔方萬首唐人絶句闕

客舍并州數十霜歸心日夜憶咸陽無端又隔桑乾水却望并州似故鄉

長門怨

蟬鬢慵梳倚帳門蛾眉不掃慣承恩傍人未必
知心事一面殘粧空淚痕

兩淚一作滴長門秋夜長新愁已上二字作愁心和雨到
昭陽淚痕不共學一作君恩斷拭盡千行與萬行

李益三十六首

送客歸振武 本集闕

駿馬事輕車軍行萬里沙胡山通嗢落漢節繞
渾邪桂滿天西月蘆吹塞北笳別離俱報主路

極不為餘

賦得垣上衣本集作賦得垣衣

漠漠復霏霏為君垣上衣昭陽輦下草應笑此

時一作生非菴藹已上二字作掩靄青春暮一作去蒼黃一作

注白露晞猶勝萍逐水流浪不相依

觀迴軍三韻

行行上隴頭隴水一作月暗悠悠萬里將軍至一作

沒迴旋隴樹一作戍秋誰令嗚咽水重入故營流

題太原洛漠驛西堠原題幽州賦詩見意時佐劉幕

征一作旌戍在桑乾年年薊北一作水寒殷勤驛西堠一作路此路一作已上二字作北去到一作向長安

金吾子本集闕

繡帳博山鑪銀鞍馮子都黃昏莫攀折驚起欲棲烏

鷓鴣詞本集闕

湘江班竹枝錦翅鷓鴣飛處處湘雲合郎從何

處歸

立秋前一日覽鏡　本集闕

萬事銷自外生涯在鏡中唯將滿鬢雪明日對
秋風

代人乞花　本集闕

繡戶朝眠起開簾滿地花春風解人意欲一作吹
落妾西家

宿青山石樓　原題作石[illegible]

紫塞經一作連羊別戍一作黃龍沙一作磧路窮故山一作人今夜宿明一作見月在一作石樓中

上洛本集闕

金谷園中柳春來似舞腰何堪笑風景獨上洛陽橋

揚州懷古本集闕

故國歌鐘地長橋車馬塵彭城閣邊柳偏似不勝春

水宿聞鴈　本集闕

早鴈忽爲雙鸂鶒秋風水窻夜長人自起星月滿

空江

揚州早鴈　本集闕

江上三千鴈年年過故宮可憐江上月偏照斷

根蓬

下樓　本集闕

話舊全應老逢春喜又悲看花行拭淚倍覺下

樓遲

過五原胡兒飲馬泉（唐詩品彙作鹽州過胡兒飲馬泉）

綠楊著水草如煙舊是胡兒飲馬泉幾處吹笳明月夜何時（一作人）倚劍白雲天從來凍合關山路今日分流漢使前莫遣（一作使）行人照容鬢恐驚顦顇入新年

臨滹沱見入蕃使列名

漠南春暮（一作色）到滹沱邊柳青青塞馬過（一作多）

萬里關（一作江）山今不閉漢家頻許郅支和

過降戶至統漢峰（原題作統漢峰下）

統漢峰西降戶營黃沙白（已上二字作河戰）骨擁長城

只今已勦燕然石胡（一作此）地無人空月明

避暑女冠

霧袖烟裾（一作裙）雲母冠碧花瑤（已上二字作琉璃）草井

冰寒黃香欲降（一作使）三青鳥靜掃（一作拂）桐陰上

玉壇

題宮苑花本集作宮怨唐詩品彙同

露濕晴晴一作花春殿香月明歌吹在昭陽似將

海水添宮漏共作滴一作長門一夜長

送客歸幽州

惆悵秦城送獨歸薊門雲樹遠依依秋來不已上

二字作風莫射南飛鴈從遣承春更比飛

拂雲堆

漢將新從虜地來旌旗半上拂雲堆單于每作一

馬向一作近沙磧攔南望陰山已上二字作山陰哭幾一作
始迴

暮過迴樂烽

烽火高飛百尺臺黃昏遙自磧南一作西來昔年
征戰迴應樂今日從軍樂未迴

夜宴觀石將軍舞原題作觀石將軍舞

微月東南上戍樓琵琶起舞錦纏頭更聞橫笛
關山遠白草胡沙西塞秋

揚州萬里送客（原題作楊柳送客　詩品彙柳揚送客）　唐

青楓天半（已工二字作江畔）白蘋洲楚客傷離不待秋

君見隋朝更何事柳津（一作楊）南渡水悠悠

春夜聞笛

寒山吹笛喚春歸遷客相逢（一作看）淚落（一作濡）衣

洞庭一夜無窮鴈不待天明（已工二字作春來）向（一作盡）北飛

度破訥沙

眼見風來沙旋移經年不見（一作省）草生時無論（已工二字作莫言）塞北無春色（一作到）縱（一作總）有春來何處知

工隋堤（原題作汴河曲）

碧（一作汴）水東流無限春隋家宮苑盡（已工二字作闕已）成塵行時（一作人）莫工長堤望吹（一作風）起楊花愁殺人

舟行

柳花吹（一作飛）入正行舟卧引菱花信碧流聞道

風光滿楊子天晴共上（一作與）望鄉樓

隋宫燕

燕語如傷舊國春宫花旋（一作落）落已（一作旋）成塵

自從一閉風光後幾度飛來不見人

送人歸岳陽

烟草連天楓樹齊岳陽歸路子規啼春江萬里

巴陵戍落日胥沉碧水西

古瑟怨

破瑟悲秋已減一作減絃，湘靈沉怨不知年。感君拂拭遺音在，更奏新聲明月天。

詠壯丹贈從兄正封

紫蕊叢開未到家，却教遊客賞繁華。始知年少求名處，滿眼空中别有花。

邊思

腰懸一作懸錦帶佩吳鈎，走馬曾防玉塞秋。莫笑

關西將家子只將詩思入涼州

蜀川聽鶯（原題作奉和成相公春曉聞鶯）

蜀道山川心易驚，綠窗殘夢曉聞鶯。分明似寫（一作雪）文君恨，萬恨千愁弦上聲。

暖川

胡風凍合鸊鵜泉，牧馬千群逐暖川。塞外征行（一作人）無盡日，年年移帳雪中天。

逢歸信偶寄（本集闕）

無事將心寄柳條等閑書字滿芭蕉鄉關若有
東流信遣送楊州近驛橋

李愿二首

觀翟玉妓

女郎闉閣春抱瑟坐花茵艷粉宜斜燭羞蛾慘
向人寄情摇玉柱流眄整羅巾幸以芳香袖承
君究轉塵

思婦

良人久不至唯恨錦屏孤顦顇衣寬日空房門

女巫

張籍一首

送蜀客 本集闕

蜀客南行祭（一作過品梟作聽）碧雞（一作溪）木綿花發錦

江西山橋日晚行人（已上二字作人來）少時有猩猩上

樹（已上二字作樹上）啼

霍總六首

塞下曲

曾當一面戰頻出九重圍但見爭鋒處長須得勝歸雪沾旗尾落風斷節毛稀豈要銘燕石平生重武威

關山月

珠瓏翡翠床白皙侍中郎五日来花下雙童問道傍到門車馬狹連夜管絃長每笑東家子窺他宋玉墻

驄馬

青驪八尺高，俠客倚雄豪。踏雪生珠汗，障泥護錦袍。路傍看驟影，鞍底卷旋毛。豈獨連錢貴，酬恩更代勞。

雉朝飛

五色有名翬，清晨挾兩雌。羣羣飛自樂，步步飲相隨。覗藁逢人處，驚媒妬寵時。綠毛春闘盡，強敵願君知。

採蓮女

舟中採蓮女兩兩催粧梳聞早渡江去日高來起居

木芙蓉

本自江湖遠常聞霜露餘爭春候穠李得水異紅蕖孤秀曾無遇當門幸不鉏唯能政揺落繁綵照堦除

楊憑十八首

長安春夜宿開元觀

霓裳下晚烟，留客杏花前。遍問人寰事，新從洞府天。長松皆掃月，老鶴不知年。為説蓬瀛路，雲濤幾處連。

曉泊江戍（唐詩品彙作晚宿江戍）

旅棹依遙戍，清湘急晚流。若為南浦宿，逢此北風秋。雲月孤鴻晚，關山幾路愁。年年不得意，零落對滄洲。

巴江雨夜

五嶺天無鴈三巴客問津紛紛輕漢暮漠漠暗江春青草連湖岍繁花憶楚人芳菲無限路幾夜月明新

邊塞行

九原臨得水雙足是重城獨許為儒者相憐從驃行細叢榆塞逈高點鴈山晴聖主嗤窮漢無心自勒兵

樂遊園望月

奕靈全盛地明月半秋時今古人同望盈虧節暗移乾疑雙月逈輪度八川遲共惜鳴珂去金波送酒巵

千葉桃花

千葉桃花勝百花孤榮春晚駐年華若教避俗秦人見知向河源舊侶誇

春中汎舟

仙郎歸奏過湘東正值三湘二月中惆悵滿川
桃杏醉醉看還與曲江同

雨中怨秋

辭家遠客愴秋風千里寒雲與斷蓬日暮隔山
投古寺鐘聲何處雨濛濛

秋日獨遊曲江

信馬閑過憶所親秋山行盡路無塵主人莫惜
松陰醉還有千錢沽酒人

寄别

晚烟洲霧共蒼蒼河鴈驚飛不作行廻旆轉舟
行數里歌聲猶自逐清湘

邊情

新種如今屢請和玉関邊上幸無他欲知北海
苦辛處看取節毛餘幾多

早發湘中

按節鳴笳中貴催紅旌白旆滿船開迎愁溢浦

登城望西見荆門積水來

海榴

海榴殷色透簾櫳看盛看衰意欲同若許三英
隨五馬便將濃艷鬭繁紅

春情

暮雨朝雲幾日歸如絲如霧濕人衣三湘二月
春光早莫逐狂風繚亂飛

送客往荆州

巴丘過日暮又一作登城雲水湘東一色平若愛
春秋繁露學正逢元凱鎮南荆

贈馬鍊師

心孅碧落更何從月帔花冠冰雪容行雨若迷
歸處路近南一作前唯見祝融峰

湘江泛舟

湘川洛浦三千里地角天涯南北遥除却同傾
百壺外不愁誰奏兩魂銷

送別

江岸梅花雪不如看君驛騎向南徐相聞不必因來鴈雲裏飛軿落素書

楊巨源十四首

胡姬詞

妍艷照江頭春風好客留當壚知妾慣送酒為郎羞香渡傳蕉扇粧成上竹樓數錢憐皓腕非是不能留

春日有贈

堤暖柳絲斜風光屬謝家晚心應戀水春恨定因花出遠憐芳草歸遲見綺霞由來感情思獨自惜年華

襄陽樂

閑隨少年去試上大堤遊画角栖烏起清絃過客愁碑沉楚山石珠溅漢江秋處處風情好盧家更上樓

關山月

蒼茫臨故關迢遞照秋山萬里平蕪靜孤城落葉閑露濃栖鴈起天遠戍兵還復映征西府光深組練間

長城聞笛

孤城笛滿林斷續共霜砧夜月降羌淚秋風老將心靜過寒壘遍暗入故關深惆悵梅花落山川不可尋

宮鶯詞

毛衣似錦語如絃日暖爭高綺陌天幾處野花
留不得雙雙飛向御爐前

賦得灞岸柳送客

楊柳烟含灞岸春年年攀折為行人好風儻借
低枝便莫遣青絲掃路塵

贈崔駙馬

百尺梧桐画閣齊簫聲落處翠雲低平陽不惜

黄金埒細雨花驄踏作泥

臨水看花

一樹紅花映綠波晴明騎馬好經過今朝幾許

風吹落聞道蕭郎最惜多

折楊柳 萬首唐人絶句作和練秀才楊柳

水邊楊柳麴塵已上二字作綠煙絲立馬煩君折一枝

唯有春風最相惜殷勤更向手中吹

觀妓人入道

苟令歌鍾比里亭翠娥紅粉敞雲屏舞衣施盡
餘香在今日花前學誦經
璮玉芳年事冠軍清歌空得隔花聞春來削髮
芙蓉寺蟬鬢臨風墮綠雲
聽李憑彈箜篌
聽奏繁絃玉殿清風傳曲度禁林明君王聽樂
梨園煖翻到雲門第幾聲
花咽嬌鸎玉漱泉名高半在御筵前漢皇欲助

人間樂從遺新聲墜九天

梁鍠十首

天長節

日月生天久年年慶一迴時平祥不去壽遠節長來連吹千家笛同朝百郡杯顒持金殿鏡慶照遺才

崔駙馬宅賦詠画山水扇

画扇出秦樓誰家贈列侯小含吳剡縣輕帶楚

楊州掩作山雲暮遥成龍樹秋坐來傳與客漢
水又迴流

觀王美人海圖障子

宋玉東家女常懷物外多自從圖瀲海誰爲覔
湘娥白鷺棲脂粉頹魴躍綺羅仍憐轉嬌眼别
恨一横波

聞百舌鳥

百舌聞他郡閒閑媚物華歛形藏一葉分響出

千花坐愛時褰幌行藏或駐車不應須獨感三載已辭家

美人春怨（國秀集作觀美人臥）

妾家巫峽陽羅幌（一作帳）寢蘭堂（已工二字作銀牀）曉日臨窗久春風引夢長落釵仍挂（已工二字作猶罥）鬢微汗欲銷黃（一作青）縱使朦朧覺魂猶逐楚王

猗氏子

杏梁初照日碧玉後堂開憶事臨粧笑春嬌滿

鏡臺含聲歌扇舉顧影舞腰迴別有佳期處青
樓客夜來

長門怨

妾命何偏薄君王去不歸欲令遙見悔樓上試
春衣空殿看人入深宮羨鳥飛翻悲因買賦索
鏡照空輝

名妹詠

阿嬌年未多弱體性能和怕重愁拈鏡憐輕喜

曳羅臨津雙洛浦對月兩姮娥獨有荆王殿時

時暮雨過

艶女詞

露井桃花發雙雙燕並飛美人姿態裏春色上

羅衣自愛頻開鏡時羞欲掩扉不知行路客遥

惹五香衣

戲贈歌者

白皙歌童子哀音絶又連楚妃臨扇學盧女隅

簾傳曉鸞喧喉裏春鸎囀舌邊若逢漢武帝還

是李延年

唐御覽詩終

右唐御覽詩一卷凡三十人二百八十九首

元和學士令狐楚所集也按盧綸墓碑云元

和中章武皇帝命侍臣采詩第名家得三百

一十篇公之章句奏御者居十之一今御覽

所載綸詩正三十二篇所謂十之一者也據

此則御覽爲唐舊書不疑然碑云三百一十篇而此纔二百八十九首蓋散逸多矣姑校定訛謬以俟定本御覽一名唐新詩一名選進集一名元和御覽云紹興乙亥十一月八日吳郡陸游記

予書此時年三十有一後四十有三年年七十有四燈下再觀恍如作夢慶元戊午十一月十六日老學庵書